COSACNAIFY

MEU TIO

JEAN-CLAUDE CARRIÈRE

romance baseado no filme de **JACQUES TATI**

ilustrações **PIERRE ÉTAIX**

tradução **PAULO WERNECK**

1

Alguns dos meus amigos passaram a infância em apartamentinhos minúsculos, atravancados que nem matas fechadas. Mergulharam na sombra e no silêncio de prédios altos, repletos de segredos. Correram em parques imensos, onde as árvores ganhavam mil formas diferentes.

Eu não conheci nada disso. Tive o azar de ser uma criança moderna, de estar à frente do meu tempo. Cresci num caixote sem graça e cinzento, parecido com as casas de hoje em dia. Passeei devagar, com prudência, pelas trilhas de um jardim fechado. Esse jardim – que eu conheço de cor, reencontro a cada passo – não tinha sequer uma rachadura, uma mancha. No gramado, pedras dispostas a intervalos rigorosamente regulares vigiavam meus passos. Algumas cercas-vivas baixinhas não separavam nem escondiam nada. Plantas brotavam com dificuldade nos caminhos de cascalho cor-de-rosa ou azul. Bem no centro, a bocona aberta, como se quisesse recolher uma chuva há tempos desejada, um peixe de aço se retorcia num tanque de pedra.

Desconfio que hoje em dia esse cenário da minha infância talvez pareça normal ou até fora de moda. Mas acho que naquela época a gente estava à frente do nosso tempo. Meus pais viam uma certa glória nisso.

Ainda consigo ver o meu pai admirando aquele jardim, de manhã, antes de sair para a fábrica. Ele ficava parado na escadinha, a barriga a brilhar com a corrente de um relógio e quatro canetas, o olhar de tartaruga sob os óculos. Meu pai, grande, satisfeito... Ele admirava aquele jardim porque foi ele mesmo quem o concebeu.

Não quero falar mal dos meus pais. Mas, já que estou falando deles, sinto que não posso me impedir de sorrir, nem de dar risada... Quem sabe? O jeito deles se tornou tão comum hoje em dia que me pergunto se alguém é capaz de apreciar os pequenos defeitos deles como eu.

À sua maneira, eles achavam que estavam me fazendo feliz. Eu tinha todas as facilidades desejáveis: uma escrivaninha envernizada, um porta-canetas de primeira, brinquedos automáticos que não precisavam de mim para funcionar.

Era só colocá-los para funcionar e eles desfilavam na minha frente. Eu não tinha função nenhuma. Meus brinquedos se divertiam sozinhos.

Além disso, eu tinha roupas limpas, sapatos resistentes, uma alimentação balanceada. Vitaminas e calorias eram administradas sem economia. O que me faltava? Será que eu mesmo, tristonho naquele conforto todo, sabia exatamente o que queria?

Toda manhã, meu pai me deixava na escola. Enquanto eu fechava a minha pasta, meu pai, na escadinha, acendia o primeiro cigarro – eram contados: doze por dia –, e minha mãe, na sua minifaxina matinal, espanava freneticamente tudo o que estivesse ao seu alcance. Desse modo, ela perseguia, todo dia, a poeira, a cruel poeira que tinha se depositado ali durante a noite.

Poeira teimosa, inimiga da minha mãe, naquela época... De onde mais ela podia brotar? Que deus malfeitor a espalhava, durante o sono dos homens, por uma casa totalmente moderna? Poeira teimosa, arisca – minúsculos grãozinhos amarelos que flutuavam através do sol... Minha mãe não tinha dó daquele ouro dançarino.

E a gente ia embora, na mesma hora, todos os dias. Eu sentado ao lado do meu pai, e o nosso cachorro atrás. O nome dele era Daki. Cachorro esperto, de raça, bassezinho de patas curtas, como eu te invejava de vez em quando!... Durante a noite você escapava, eu sabia: ia encontrar três ou quatro vagabundos, bichos sem coleira nem nobreza, moleques do dia que vai nascer, e você saía correndo junto com eles.

Pela sua roupinha vermelha e verde, dava para adivinhar que o seu lugar não era ali, no meio daqueles ladrõezinhos. Você era de um outro mundo, do mundo bacana, o meu mundo; mas por um instante você respirava, perto dos cães perdidos, o ar leve da manhãzinha nos bairros vazios. Voltava para casa bem de mansinho, coberto de barro, todo fedido. Às vezes, minha mãe reparava em você e te pegava com a ponta dos dedos. Vamos pro banho. E você não gostava disso.

Cachorro de casa, até que a gente se parece um pouco.

O carro oscilava suavemente, atravessava o jardim, passava pelo portão, e a minha mãe lá atrás, esfregando tudo, vidraças, metais, luminárias de luz quente e de luz fria.

Depois que a gente ganhava velocidade, às vezes eu me virava para trás. Na grade, minha mãe agitava, como um lenço de adeus, o trapo coberto de poeira. Meu pai olhava para ela pelo retrovisor, e pelo rosto eu adivinhava que ele ficava contente com o ritual, aquela poeira esvoaçante lhe desejando boa viagem.

Para mim essa ficou como a única imagem da minha mãe: uma silhueta coberta de náilon claro, uma estátua da dona de casa ideal.

Meu pai – o sobrenome dele era Arpel, que nem o meu – na época era um homem superocupado. Ele dirigia uma fábrica grandiosa, um negócio internacional. Uma imensa cidadela, retilínea e branca, que ficava fora da cidade: a Usina Plastac, a nossa fábrica, produzia tubos. Uns eram brancos; outros, pretos, vermelhos ou verdes, amarelos ou cor-de-rosa.

Lembro de uma fotografia antiga que costumava ficar na mesa de trabalho do meu pai. Mostrava ele jovem, sorrindo para o fotógrafo. Tinha nas mãos, que nem um pescador que segura sua presa mais bonita, o primeiro tubo que fabricou.

Meu pai era o homem do tubo. Dedicou a vida a ele. Milhões e milhões de metros... Nunca parou de inovar, criar, modelar formas inéditas. Mas quando penso de novo naquela fotografia do passado, quando olho novamente para o meu pai, me pergunto se o tubo não deve alguma coisa a ele.

Ele chegava no pátio da fábrica todo dia na mesma hora. Uma cancela se abria à sua frente, e o carro do senhor diretor parava num quadrado branco, pintado a cal no chão. Durante uma época, de vez em quando eu também ia à fábrica, nas

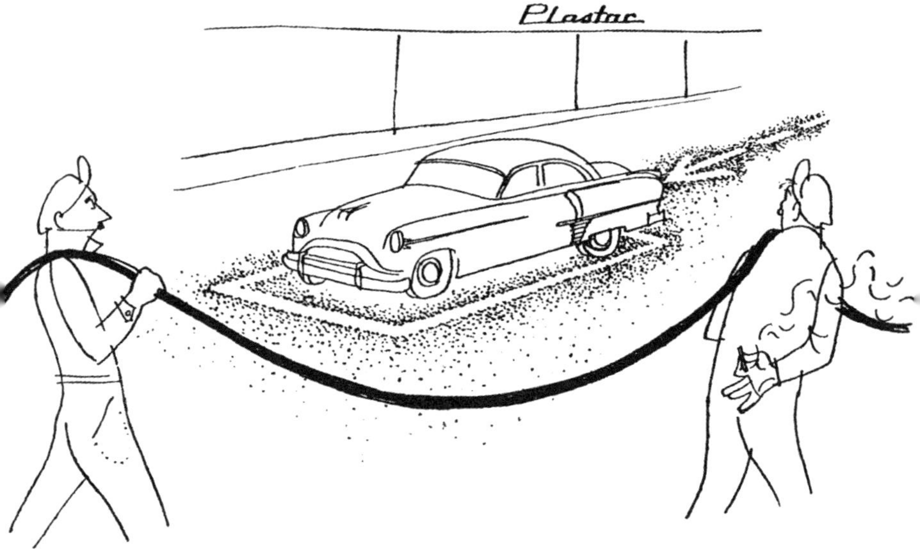

férias. Caminhava pela trilha de respeito aparente que acompanhava meu pai. O senhor diretor, o meu pai. Chapéu claro, lenço, o rosto sério de comandante de indústria e as preocupações pregadas na testa. Eu admirava o poder, a importância dele, mas também notava que a gentileza que saudava meu pai escondia uma certa ironia. Os operários redobravam o zelo quando ele passava e logo depois sossegavam. Era só olhar pra trás para vê-los de volta ao cigarro e à conversa fiada. Só o sr. Pichard, o braço direito do meu pai, servia cegamente a ele.

Na Usina Plastac, nada se perdia. A matéria plástica nascia de uma infinidade de sucata. A fábrica tinha um convênio com

catadores de objetos usados, sucateiros e carroceiros. Relações complicadas... Em seus meandros, os tubos levavam novecentos mil objetos, os mais disparatados, que tinham batido as botas por lá. Mecanização, aperfeiçoamento. Meu pai dirigia uma fábrica moderna, que ele aprimorava a cada dia.

O progresso não pode parar.

Fugindo das salas de máquinas, dos escritórios e laboratórios, costumava me refugiar perto da plataforma de descarga, atrás da fábrica. Assistia com uma certa tristeza à chegada da matéria-prima, farrapos e detritos, bibelôs despedaçados, coisinhas quebradas que desapareciam em uma hora. Objetos desbotados, cinzentos ou verdinhos, manchados de terra ou de barro, quase sempre quebrados, recolhidos em qualquer lugar, bem na hora em que o dia começa.

Eu conhecia um sucateiro que ia lá, um velho de bochechas vermelhas, usando um improvável boné. Numa carroça de tábuas desconjuntadas, ele arrastava para lá e para cá velharias sem importância. E, quando me via, fazia um aceno de longe. Para ele, eu era um menino que nem todos os outros, e não o filho do patrão.

Os operários juntavam montinhos: papéis, trapos, metais e louça. Em algumas horas, tudo seria engolido. Novos tubos brilhantes jorrariam da Usina Plastac. Sublime majestade da química moderna!...

Mas eu não admirava a técnica. Só conseguia sentir a crueldade necessária daquela refundição.

Quando o descarregamento terminava, o sucateiro fazia um gesto, levando as mãos ao boné sem forma, e estalava o chicote. O cavalo partia. Dava para acreditar que homem e cavalo fugiam o mais rápido possível, que não queriam ver o que ia acontecer.

Eles se afastavam da usina, tomavam uma estrada secundária, e o barulho dos cascos sumia na manhãzinha.

2

Aqueles prédios hoje em dia já desapareceram, os raros prédios que eu conhecia e que formavam o oásis tranquilo aonde eu ia de vez em quando, e ficava por um tempinho. Eles se apertavam ao redor de uma pracinha, residências vacilantes, sem estilo definido, enfeitadas por tudo o que os homens foram acrescentando ao longo dos anos – uma sacada, persianas, uma flor. Resistiam ao progresso com todas as suas antigas forças.

Uma igreja com a porta carcomida, um café mal iluminado, vitrines, lojas. Uma feira debaixo das castanheiras da praça. Os moradores perambulavam e tagarelavam, apertando frutas e legumes. Volta e meia eles se serviam sozinhos, pagavam e pegavam o troco.

Donas de casa de bobes, aposentados de camisa, garçons velhos e meticulosos, pedintes malandros e esfarrapados, gente de todo tipo, moleques perdidos na margem de um riacho como se fosse um oceano, vira-latas de focinho na terra.

Era de manhã. Um dia bonito, acho. A gente foi até a feira tomar um ar e saber as novidades. Ao sair do isolamento da noite, um mundinho preguiçoso se redescobria e se agitava de leve, ao léu, sem cansaço. A carroça do sucateiro voltava para a cocheira, um pouco mais longe, e o trote do cavalo ressoava no calçamento. Grupos efêmeros se formavam ao sabor dos encontros. Tanta coisa pra dizer desde a última vez em que a gente se viu, na véspera...

E eu passeava por entre as pessoas e coisas, meio perdido, meio fascinado. Na primeira vez, não captei toda a delicadeza daqueles lugares tranquilos; mas, ao voltar, pouco a pouco, experimentei, além da surpresa, uma certa sensação de bem-estar. Parece que eu respirava mais devagar; esquecia o meu jardim torturado, os muros que não me deixavam ver nada.

E eu ria. As pessoas se adaptavam à preguiça do cenário. Elas se pegavam, se soltavam, se pegavam de novo para uma última palavra. Acabaram ficando familiares para mim. Um gari se aproximou de um montinho de lixo na calçada. Ele cuspia nas mãos e empunhava a vassoura...

– Ei! Pois é...

Alguém estava passando. O gari precisava dizer alguma coisa para ele, e essa coisa não podia esperar. Deixou o montinho pra trás.

– Você não sabe?... Olha só...

Palavras, palavras e gestos. O gari voltava ao montinho, cuspia de novo nas mãos, levantava a ferramenta ameaçadora...

– Oi!

– Oi! Ei! Pois é...

Era outro amigo que estava passando. Não sabia da novidade.

O montinho de lixo continuava intocado no meio da rua. Lixo... Minha mãe teria ficado arrepiada.

Hoje a gente mal se lembra daqueles bairros velhuscos que foram demolidos. Procuro à toa, aqui e ali, alguma coisa parecida. Acho que estou começando a falar de uma época que foi engolida e que tive o prazer de provar.

Eu me lembro. Uma luz suave se infiltrava através das castanheiras da praça e escorregava para os muros de cores imprecisas, depois para os paralelepípedos cinzentos. O ar era vivaz, o vento, leve. Nada levava, nada trazia o olhar além daqueles prédios diferentes, reunidos numa atmosfera de família. Dava a impressão de que os moradores nunca iam embora daquela praça, que aquele mundo acabava ali, na curva da rua.

• • •

Eu tinha um tio.

Aquele era o bairro dele. Ele morava bem na praça. Graças a ele, eu me perdia de vez em quando na praça e nas ruas vizinhas.

Meu tio...

É difícil enxergá-lo com olhos de adulto. Ele ficou como a única alegria da minha infância, e tenho medo de desfigurar a imagem que guardei dele. Por isso, eu achava que ele era alto. Mas será que não era uma ilusão?

O que posso dizer com certeza é que o meu tio usava um chapeuzinho que pouco a pouco tinha adquirido uma forma estranha e que não parecia com nenhum outro chapéu. Ele também usava um sobretudo, uma gravata-borboleta com as pontas meio caídas, um guarda-chuva preto. As meias eram listradas. Por fim, sempre estava mastigando, e às vezes fumando, um cachimbo que ficava apontado para a aba do chapéu.

Meu tio Hulot me parecia, quando eu era criança, um personagem ao mesmo tempo próximo e distante, indiferente e caloroso. É difícil explicar, eu sei. Aos poucos, vou tentar me fazer entender. Talvez eu tenha guardado uma imagem inexata do meu tio; talvez ele não fosse tudo o que eu pensava. É possível. Jamais vou saber. Mas quero falar dele como se ainda tivesse oito anos.

Pois então, ele era bem alto e bem magro. Andava aos tropeços, meio curvado para a frente, e saía distribuindo cumprimentos sem motivo. Agora mesmo, de repente, vejo ele fazendo a feira na pracinha, o cachimbo apontado para o alto. Na mão, uma sacola preta de onde sai a carranca dentuça de um peixe. Essa carranca terrível provoca os cachorros debaixo das barracas, e nesse meio-tempo se acumulam os incidentes que são a graça de andar com ele.

Ele era perseguido por uma fatalidade que o mergulhava em todo tipo de problema. Não perdia a oportunidade de dar uma gafe, de fazer uma trapalhada, mas, pelo jeito como aceitava os golpes do acaso, impassível, impenetrável, sem nem franzir as sobrancelhas, sem reclamar, eu me perguntava de vez em quando se ele não provocava o incidente de propósito.

Isso só aumentava a admiração que eu sentia por ele. Hoje, percebo que ele não passava de um homem corajoso

e meio distraído, meio... Estou me perdendo. Prometi falar dele como a figura encantadora dos meus jovens anos. Vou manter minha palavra.

Olha ele ali, subindo para casa. Acabou de fazer compras e está de volta. Não estou seguindo ele. Estou na praça, esperando ele descer de novo.

Ele passa por um portãozinho, dá um tapinha na bochecha da filha da zeladora, belisca de leve o nariz dela.

– Oi, senhor Hulot!

Sacola na mão, cachimbo na boca, meu tio dá início a uma lenta subida.

Primeiro, uma escadinha pela esquerda.

Meia-volta à direita. Num corredor, duas pernas, um guarda-chuva.

Ao ar livre. Uma passarela.

...

Depois, a escada em caracol. Vamos subir.

Lá no alto. Um pequeno giro sobre si mesmo. Ponto final?

Não exatamente. Vamos descer um pouquinho. Pausa para descanso. Respiramos.

Terceiro, uma outra passarela.

Uma porta escura...

Meu tio morava no último andar, perto do paraíso, num quarto muito esquisito. Era cheio de janelas que se abriam em grande confusão. Vasos de flores enfeitavam a sacada e trepadeiras escondiam aqui e ali as rachaduras e faziam sumir o chapisco do muro.

Da rua, de nariz em pé, como se estivesse assistindo a um espetáculo, eu acompanhava a subida do meu tio. Era um jogo de esconde-esconde com as pedras e flores. Segundo os caprichos do percurso, eu percebia ora os pés, ora a cabeça, às vezes o corpo inteiro.

Por fim, meu tio ressurgia lá no alto, numa varanda aberta aos quatro ventos. Pegava a chave numa calha, abria a porta da casa – um quartinho, uma água-furtada verde-clara, com folhas por todos os lados – e entrava.

Eu esperava mais um tempinho. Sabia que meu tio ia abrir a janela e, na parede em frente, pego de surpresa por um raio de sol, um canário ia começar a cantar. Meu tio deixava a janela aberta do jeito certo. O vidro jogava a luz no passarinho e ele cantava que era uma beleza.

Em seguida, meu tio vinha me encontrar. Eu seguia as peripécias da descida – era o mesmo caminho, no sentido inverso. Lá embaixo, ele brincava mais uma vez com o nariz da garotinha que estava na passagem.

– Oi, senhor Hulot!

Então nós dois saíamos juntos, para qualquer lugar, em estranhos passeios em que eu ia de surpresa em surpresa,

e o tempo passava rápido, e eu esquecia meu belo bairro, a fábrica do meu pai e o jardim superpodado. Andava atrás do meu tio, às vezes perdia ele de vista, em outras encontrava ele de novo. Ele sempre vinha me esperar na saída da escola e a gente voltava a pé, não sem fazer um desvio pela vizinhança. Na calçada, na beira da rua principal, encontramos um grupo de moleques que eu conhecia bem, já fazia um bom tempo: os valentões e os bagunceiros da classe. Eles me davam um pouco de medo; e eu, secretamente, sentia uma ponta de inveja deles.

Eles inventaram várias diversões maldosas, de que eu sonhava em participar. Quando um sinal vermelho imobilizava filas enormes de carros, um dos gaiatos metia o pé no para-choque traseiro de um carro. Fazia um sinal imperceptível para um cúmplice. Este dava uma pancada violenta numa chapa de ferro bem na hora em que o outro dava uma sacudida forte no para-choque.

O carro dava um solavanco. A ilusão era perfeita. O motorista – isso nunca falhava – saltava que nem um demônio e se lançava ao carro de trás. Nenhuma dúvida: tinham batido nele. Ele ouviu o barulho, sentiu a pancada.

– Faz vinte e cinco anos que eu dirijo... Não consegue prestar atenção?

– Como assim?

– Pois é, se você acha isso

divertido, não precisa se incomodar, meu velho! Não precisa se incomodar!

– Como assim?

Às vezes, o cavalheiro abalroado, cheio de raiva, se via diante de uma motorista. Reprimindo os xingamentos, um sorriso rangendo nos lábios, ele se dedicava então a um pequeno curso de mecânica. A mulher não entendia nada.

– Queira me desculpar, senhorita... O freio? Sabe onde fica o freio?

– Sei!?

– O pedal do meio, este aqui, está vendo? É feito para brecar, sabia? Já lhe ensinaram? Aperte o pedal com o pé direito e, em princípio, o seu carro para na hora.

– Este pedal?

– É, senhorita. Para o bem de todos, use este pedal, e não o meu para-choque. Entendeu?

– Senhor, eu...

Os moleques, assim, causavam batidas e brigas. Era a brincadeira dos para-choques. Depois do golpe, se afastavam uns metros. A inocência brilhava no rosto deles. Desviavam o olhar para outro lado.

Eu estava junto deles, meio tremendo, no fundo, contente.

E quando um motorista por fim descobria os verdadeiros responsáveis pelo acidente, só ficava na calçada, para receber

a bronca, um menino bem-comportado e perfeitamente inocente, com livros debaixo do braço.

Tínhamos conseguido fugir a tempo.

Meu tio, lamento dizer, era a vergonha da família. Meu pai não escondia os sentimentos que tinha em relação a ele. Meu tio era um incapaz.

– Você sabia – dizia meu pai – que, nessa idade, ele ainda não tem um emprego?

Era uma triste verdade. Meu tio, fico arrepiado só em falar, não fazia nada. Passeava, vivia de brisa, suportava com uma indiferença suprema as broncas da irmã e os reparos do cunhado. Meu tio não soube, como tantos outros, arranjar um emprego, fazer seu caminho na vida. Ele não tem ordenado, dizia meu pai, não tem salário, não tem estabilidade nenhuma! Não tem objetivo na vida!

Meu pai, que era um trabalhador, mal aguentava aquele parasita.

– Na sociedade moderna – dizia meu pai –, um lugar para cada homem, e cada homem no seu lugar! É assim, queira ou não queira!

Ele usava também umas outras frases que nem lembro direito. Dizia que não somos bichos, que os preguiçosos são uma praga social, que as palavras do Evangelho nem sempre se adaptam ao mundo moderno. Meu pai sabia como se devia viver.

– A Plastac é uma sociedade em miniatura. Pois é!

Então o meu pai condenava o meu tio. No sistema do senhor diretor, aquele grande inativo era uma falha. Um defeito.

Agora que os ociosos viraram história – talvez alguns ainda tenham sobrado em terras distantes e mais quentes –, tenho medo que fiquem com dó do meu tio. Tenho medo que ele não pareça de verdade. Quando eu tinha oito anos, ele já era uma figura, uma peça rara. Como seria hoje em dia?

Eu me preocupava um pouco com a preguiça e os defeitos dele. Gostava do jeitão dele, sem tirar nem pôr, silencioso, distante, e estas lembranças são a história dos esforços que fizeram para arrancar ele de mim.

Eu tinha as minhas alegrias secretas. Quando ele ia me buscar na saída da escola, eu dava a mão e me deixava levar. Confiava nele. O contato com aquela mão me fazia pensar que um mundo desconhecido se abria para mim. Achava que estava descobrindo algo novo, um prazer indefinível, que parecia escapar. Era um perfume, uma canção, eu não sabia direito...

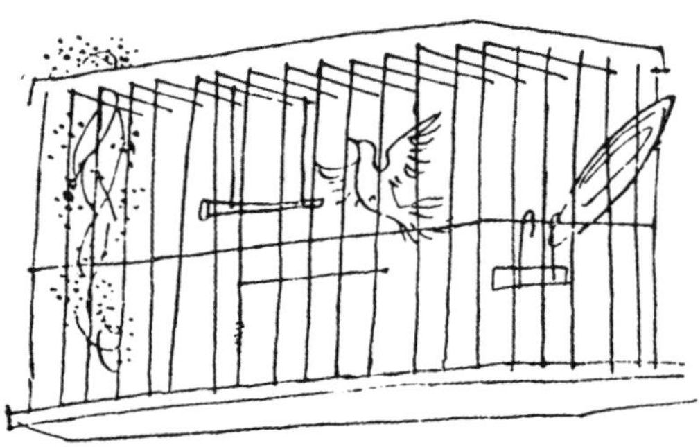

3

Minha mãe raramente saía de casa. Conseguiu essa verdadeira proeza, ser magnificamente bem equipada e não ter nem um minuto para si mesma. Tinha uns trinta aparelhos, mas a presença dela era indispensável. Claro que nós tínhamos uma empregada, chamada Georgette. Para que ela servia? Eu ainda me pergunto. Minha mãe a proibia de tocar em qualquer coisa.

– Ah, se eu deixasse a Georgette fazer! Imagina só que beleza!

Assim, a Georgette passava a maior parte do tempo lendo fotonovelas. Em torno dela, sem parar, minha mãe batia, aspirava, ventilava, naquele fuzuê doméstico que feria minhas jovens orelhas.

Quando eu digo que a minha mãe trabalhava de manhã até a noite, estou exagerando. De vez em quando, ela recebia uma amiga. Avisada por telefone, tomava um cuidado especial com a limpeza da casa. Ia ter visita, né? Tudo precisava estar em ordem.

Quando tocavam a campainha, lá no portão, minha mãe se atirava, meio esbaforida – Meu Deus, não esqueci nada? –, e ligava rapidamente um botão. Um jato d'água se erguia na bocona escancarada do peixe de aço escovado, no meio do jardim.

Era o chafariz das visitas.

No começo, ele me divertiu; duas ou três vezes. Logo veio o tédio. A campainha do portão levava à imediata subida do chafariz. Minha mãe tinha os reflexos perfeitos, e sabia economizar. Desligava o chafariz assim que as visitas viravam as costas. Eu era proibido de brincar com ele. Aquele objeto só estava lá para os outros.

Fiquei com ódio dele. Mas devo reconhecer, hoje em dia, quando peixes parecidos se reproduzem em todos os jardins, que o meu pai tinha ideias de vanguarda.

Minha mãe disparava à distância o acionamento automático do portão. A amiga estava lá.

– Oh! – dizia minha mãe. – Mas que surpresa!

– Você não estava me esperando?

– Claro que estava! Claro! Vamos entrando! É muito amável por ter vindo!

Minha mãe e a amiga se sacudiam ao se encontrar. Falavam ao mesmo tempo, berrando a alegria de se verem de novo, os braços abertos para o abraço.

Esqueci de dizer, mas, por alguma fantasia cujo segredo meu pai conhecia, o caminho que levava do portão à escada era em forma de S. O pérfido trajeto distanciava minha mãe da amiga dela. Os braços se estendiam na direção do jardim e dos muros. Uma parecia ao mesmo tempo procurar e fugir da outra.

– Não esperava que viesse tão cedo... Estou tão malvestida...

– Eu é que peço desculpas!

– Ah! Mas o que é isso!

– Estou atrapalhando?

– Mas não, não! De jeito nenhum! Gérard! Venha cumprimentar a senhora Dubreuilh.

Eu me aproximava, cabisbaixo, e estendia a mão. Meus pais logo concordavam que eu era muito mal-educado.

– Tarde.

– Tarde! – se esgoelava minha mãe. – Não vai aprender a falar direito? É "boa tarde". A outra mão, vamos ver. Ah! Nem sei onde ele foi aprender essas coisas!

A visita passava os olhos pelo jardim, estalava os dedos.

– Mas então isso tudo ficou... Ora! O chafariz, o gramado...

– O que você queria? – dizia minha mãe. – Devagarinho, vai ficando ajeitado. Quer ver a casa?

Quer ver a casa? Esta era a grande frase da minha mãe, a que eu mais ouvia, a cada visita. Dava para sentir, na entonação da voz, que ela ficava realmente feliz ao mostrar a casa; uma felicidade que também tinha uma parcela de medo. Talvez fosse criticada, achariam o sofá verde demais, ou a escada branca demais.

Sem dar nem uma oportunidade para a amiga, minha mãe já ia se adiantando. As palavras que ela dizia ainda me vêm à cabeça.

– Então aqui, não é mesmo? É o *living room*. Bem prático, bem aberto. O projeto foi feito na fábrica do meu marido. Então aqui você vê as saídas do sistema de ar, de um lado, ar quente, de outro, ar frio. Aqui, o nosso cantinho íntimo. Estilizamos ao máximo, entende? Com as cores, foi a mesma coisa:

cores bem vivas, bem alegres. O que é bom nos móveis modernos é que ficam ótimos coloridos. E são fáceis de limpar.

Passando por uma mesinha, minha mãe pegava um vaso de cerâmica e dizia, com displicência:

– Um Dubroc.

– Oh! Oh!

A visita prosseguia. A cozinha, o banheiro, a escada, o meu quarto; aquele quarto tão frio, projetado por um especialista. Uma cama, uma cadeira, um armário, uma escrivaninha. Eu não tinha direito de pregar nenhum pôster na parede, de sentar no chão, de deixar meus brinquedos dar um cochilo em cima da cama. Toda noite, ao chegar, seguido pela minha mãe, eu tirava os sapatos, lavava as mãos. Fui treinado para a ordem e para a limpeza.

– Você me conhece – minha mãe dizia para a visita. – Tenho horror de coisas espalhadas. As roupas dele estão no guarda-roupas, os livros, na gaveta, e os brinquedos, no armário! É o quarto dele, está em casa e faz o que quer!

A amiga ia embora depois do chá.

– A gente mal se viu! – dizia minha mãe.

A amiga se afastava dando passinhos pelo caminho sinuoso – eu via pela janela do meu quarto. O portão abria e fechava. O chafariz era desligado na hora.

Meu pai voltava para casa toda noite à mesma hora, e os mesmos gestos se repetiam. Ele tocava a campainha. Minha mãe ligava o chafariz. Nunca se sabe...

– Não! Sou eu! – gritava meu pai, de longe, agitando a mão. E o chafariz baixava de novo.

Um instante depois, na ponta dos pés, crentes que eu não estava ouvindo nada, meus pais vinham admirar o filho estudando. Entreabriam a porta de leve e me viam de costas, laboriosamente debruçado nos livros. Achavam, naquele momento, que eu era um garoto comportado, que apesar dos defeitos era estudioso, obediente. Iam me transformar em alguém. É verdade que, graças a meus pais, eu estudava em condições incomparáveis.

À noite, eu ia deitar cedo, e às vezes era difícil pegar no sono. Deixava meu olhar deslizar pela superfície lisa do meu quarto, e meu olhar não se pendurava em nada. Eu me sentia só.

No térreo, meu pai e minha mãe andavam de um lado para o outro, tagarelavam em voz baixa. Para os dois, a hora de relaxar chegava junto com a noite. Estavam cansados, minha mãe por causa da casa, meu pai por causa da fábrica. Ah! Essa fábrica... Como eu já ouvi falar dela! Reuniões, clientes e fornecedores, telefonemas sobre as múltiplas linhas. E a preocupação com a invenção. Primeiro lugar nos tubos, meu pai pesquisava dia após dia cores e formas diversas. Em seus raros momentos de distração, quando ele rabiscava, que nem todo mundo, num guardanapo, num pedaço de papel, eu sempre via surgirem novos tubos da caneta dele.

À noite, afinal, ele relaxava. Ficava sentado ao lado da minha mãe, numa das cadeiras metálicas, cruzava as pernas devagar, acendia um cigarro – o décimo segundo – e assistia à Televisão.

A Televisão faz esquecer tudo.

– Isso é que é descanso – dizia meu pai. – Tecnicamente, ainda não está no ponto, é claro. Mas pelo menos a gente não precisa ficar quebrando a cabeça para assistir.

Enfraquecida, uma vinheta musical chegava até mim. Depois, uma voz sonolenta que dizia:

– E como todo dia, na mesma hora, eis, caros telespectadores, o programa do professor Klop: *Momentos de Reflexão*!

4

Sempre vou lembrar daquela quinta-feira. Pela primeira vez, tentaram tirar o meu tio de mim. Foi um dia cheio de alegrias, cheio de medos.

Tudo começou bem. De manhã, encontrei o meu tio e fiz companhia enquanto ele fazia a feira. Ao meu redor, era a confusão de todos os dias. Eu passeava entre os cheiros e gritos, mais alto que os cachorros, mais baixo que os homens. Meu nariz mal batia na altura das barracas e meus olhos paravam nas colinas de frutas, nas florestas de flores.

Eu seguia o meu tio no labirinto das barracas, parando aqui e ali, na frente de um feirante, perto do gari, ou na turma de amigos do verdureiro, um italiano gordo que não parava de praguejar. Aos poucos, eu reconhecia todos, clientes e vendedores, passeantes e passantes. Eu os via vivendo sem mistério e à vontade. Sem esforço, sem fazer manha, eu entrava na intimidade cotidiana deles, e o que mais me agradava era vê-los dar risada. O riso era o que mais faltava nos meus pais.

Na feira, assim que uma voz por acaso se elevava, querendo confusão, os desocupados se juntavam e tomavam partido na briga. Davam palpites, que nem sempre eram os mesmos. Falavam de causas e efeitos, e até de outras coisas, das preocupações, da saúde dos filhos. O incidente só servia para reuni-los e, logo mais, a briga acabava, por falta de brigões.

Uma melodia – acordeão, violão – que eu às vezes ainda cantarolo vinha do restaurante para se perder no ar. As pessoas se viravam lentamente na sombra e no sol, iam e vinham de uma vitrine para a outra, que nem os animais coloridos de um carrossel que ganhasse movimento de uma hora para a outra.

E eu vagava, despreocupado, provando aquelas alegrias rápidas.

– Seu Hulot!

– Opa!

– Telefone para o senhor!

– Opa! Opa!

Meu tio deixou a sacola de compras e correu para o café, onde ficava o telefone. Fiquei preocupado, de repente. Pensei comigo mesmo: é o meu pai, o meu pai que ligou...

Meu tio não ficou muito tempo no telefone. Vi ele sair correndo, todo apressado.

– Vem – me disse. – Vou te levar para casa.

– Já? Por quê?

– Tenho que ir, entende?... Tenho que ir à SDRG, ou RC, não sei direito.

– O que que é isso?

– Uma fábrica... Vou trabalhar. O seu pai me arranjou um emprego. Vem. Preciso ir agora mesmo. Estão me esperando.

– É a fábrica de quem?

– Do senhor Lambert, parece.

Gelei ao ouvir esse nome. Ouvi meu pai falar desse Lambert como um concorrente respeitável. Também trabalhava com plástico, mas de um jeito meio frenético. Sou um pioneiro, dizia ele.

Cada dia ele inventava alguma coisa diferente, para a estupefação do meu pai. O Lambert já tinha substituído por plástico a madeira, o vidro e a maioria dos metais. Alquimista assustador, ele se preparava para substituir a grama.

Esse era o patrão que escolheram para o meu tio.

Nem se discutia se o meu tio poderia deixá-lo esperando. Montei na garupa da bicicleta motorizada e fomos na mesma hora. Alguns vira-latas se lançaram na nossa cola e saíram do bairro conosco. Meu tio se equilibrava com sua rigidez habitual sobre a máquina que pipocava. Ia fumando cachimbo. Fumaça na frente, fumaça atrás, ele ia ocupar seu lugar na Usina Lambert.

Era assim, e eu não podia fazer nada. O braço do meu pai era comprido demais. Um emprego? Nada mais fácil. Conhece alguém?

Naquela manhã ensolarada, o meu tio estava feliz. Hoje eu entendo os sentimentos que o deixavam animado. Nada de tristeza, nada de lamentações. Meu tio dava prazer à família. Tenho certeza de que, naquele dia, ele se sentia supermal por causa do meu pai.

Seguidos pelos cachorros, atravessamos as terras sem gente que já circundavam a cidade. Nos subúrbios, que começavam a desaparecer, protegidos atrás dos muros, ainda se encontravam alguns velhinhos agachados diante de um montinho de terra. Debaixo de um chapéu de palha, um avental azul na cintura, cultivavam o jardim ameaçado. Os olhos se erguiam raramente, não iam além das pedras soltas ao redor da propriedade. Mas às vezes, quando levantavam a cabeça, viam no fundo, com uma certa pena, os vultos brancos que nasciam em toda parte, feito erupções repentinas.

As fábricas...

Apesar de ser filho do senhor diretor, eu tinha um certo terror das fábricas. Não me aventurava nelas sem cautela.

Tinha impressão de que pouco a pouco elas destruíam tudo o que meu tio me ensinava a gostar.

Naquele dia, a fábrica Lambert lançava um desafio diretamente ao meu tio.

Ele me deixou pertinho de casa, num cruzamento. Sem me olhar, acenou. Tchau? Até mais? Fiquei um tempinho na beira da estrada. Vi o meu tio se afastar, vi o cachimbo e o chapéu dele. Ele ia para a Usina Lambert, que o esperava, bem na direção do sol, igual a uma fortaleza ou uma prisão. Meu tio a atacava pela frente, sem medo nenhum. Como reforço, levava, no seu rastro, os vira-latas.

5

Eu passava o final da manhã no jardim. Plantas frágeis, gramados proibidos. Andava a passos calculados nos caminhos de pedra. As lajotas, pensadas para os adultos, me obrigavam a dar passos mais largos. Não chutar a bola nas paredes, não correr no cascalho para não escorregar, não desenhar no chão... Eu mal tinha o direito de molhar a mão na água.

– Não vai agitar esse tanque! – dizia minha mãe. – Se você soubesse como as carpas são medrosas! Por nadica de nada, já ficam doentes!

Eu passeava, de mão no bolso, indo e voltando pelo mesmo caminho. Do outro lado do muro só via o céu monótono e claro. Os barulhos da rua vinham morrer nos meus ouvidos que nem promessas que fugiam.

– O seu tio vai trabalhar com o senhor Lambert – minha mãe me disse. – É claro que, no início, não vai ser nada extraordinário, mas, com o tempo, um bom tempo, os bônus, os pontos positivos... Ficou feliz?

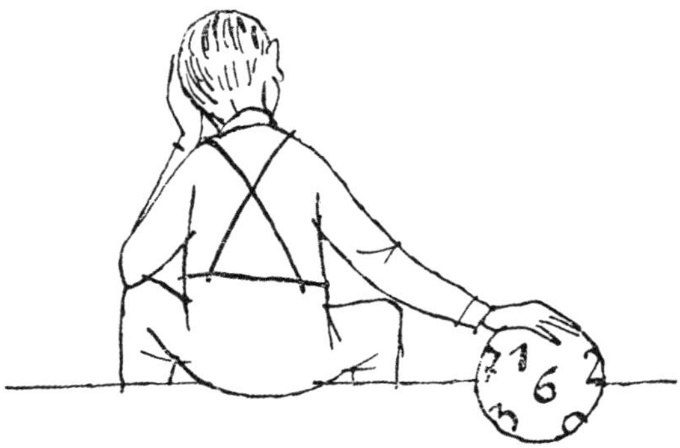

Naquela manhã nós recebemos uma visita inesperada. Quando soou a campainha do portão, senti alguns segundos de corre-corre em casa. O chafariz foi ligado. Minha mãe apareceu no vestíbulo, desamarrotando o vestido e dando volume ao cabelo. Abriu o portão, à distância.

Só vi a mulher que ia entrando duas ou três vezes na vida; mas guardei dela uma lembrança aguda, uma visão precisa que nada vai apagar. Ela morava ao lado da nossa casa, separada por um muro, e meus pais a conheciam de vista. Era magra e loura, de ótima família, toda vistosa, a elegância suprema.

– Isso é que é classe!... – dizia minha mãe, que ardia só de encontrar com a outra, de ir na casa dela.

Então a vizinha entrou. O destino favorecia a minha mãe. Ele atraía para a sua toca a presa desejada há tanto tempo.

Eu me dediquei a examinar em detalhes a nossa vizinha, como a gente examina um móvel barroco, e posso traçar um retrato dela. Era dessas mulheres que não são nada mais que um vestido. O que atraía os olhares primeiro era o capricho com que ela se arrumava. Era de esperar que ela retivesse esses olhares. Quem observava o vestido tinha a chance de ficar parado olhando.

Ela agitava freneticamente os braços compridos, com garras cor-de-rosa. Gestos largos que não terminavam nunca, dois teclados de dentes brilhantes, um nariz abrupto... Aos olhos da minha mãe ela tinha alguma coisa, tinha porte; um porte de cavalo, achava eu. Com o seu longo maxilar que se esticava, se deslocava, as frases corriam como um rio profundo.

– Ah! Olá! – exclamou minha mãe.

– Olá! Estou atrapalhando?

– De jeito nenhum! Imagine!

Elas foram uma na direção da outra – por assim dizer – seguindo o caminho tortuoso que as separava e depois as aproximava. A visita levava nas mãos, como um objeto raro, uma bola que era minha.

– Encontrei isto aqui...

Estendeu o braço.

– ... no meu jardim.

– Gérard, o que que é isso?! Vamos, querido, peça desculpas para a senhora que trouxe a sua bola de volta.

– Senhoura, não; senhourita...

– Oh! Desculpe!

– Não há de quê, senhoura.

– Me desculpe – disse eu, pegando a bola, embora tivesse um leve medo de me aproximar demais daquele rosto desconhecido.

Os amigos dos meus pais, gente da alta sociedade, sempre me pareceram distantes, estranhos. Mais do que timidez, era um verdadeiro medo que eu sentia quando eles se aproximavam. Eles me cansavam. Eu adivinhava as palavras que iam dirigir a mim.

– Não é nada, pequerrucho. Tadinhos, eles precisam tanto se divertir!

– Até certo ponto – disse a minha mãe.

– Além do mais, isso me dá a oportunidade de conhecer a senhoura. Não é bárbaro? Moramos lado a lado e nunca nos vemos!

– Então entre! – disse a minha mãe. – Não é por isso que eu vou recebê-la no jardim...

– Ah!... – disse a visitante, fazendo um longo movimento com a mão. – O seu jardim é uma maravilha, um chafariz... admirável, o cascalho nos caminhos... genial, umas plantas... bár-ba-ras...

– O jardim é o território do meu marido. Ele poderia fazer uma visita guiada melhor do que eu, pois conhece o nome de todas as espécies. Desenhou tudo sozinho, a senhora precisa ver o amor com que ele poda os arbustos!

– Bárbaro!

– Entre, gostaria de ver a casa?

As duas subiram a escadinha da entrada, a minha mãe na frente da vizinha. Tudo recomeçava.

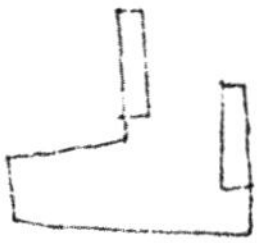

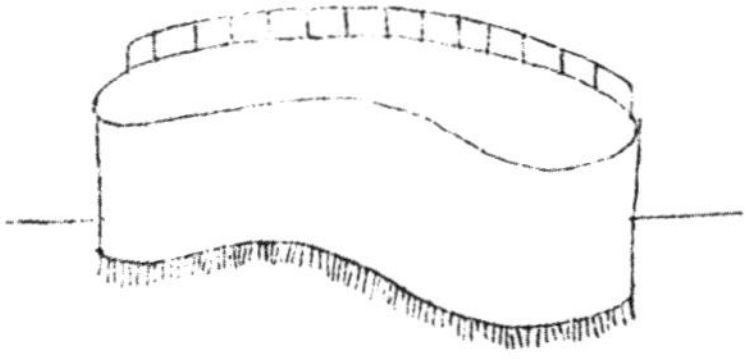

– Então, aqui é o *living room*...

Fiquei sentado nos degraus. Conhecia exatamente o processo de cada visita e cada demonstração. Tudo se comunica. Nosso Dubroc, nossos móveis – foi o meu marido que escolheu –, tudo é muito estudado, experimente, é adaptável... E o sofá é bem simples, você sabe... Gostou? Experimente... Oh! Machucou?... Por aqui,

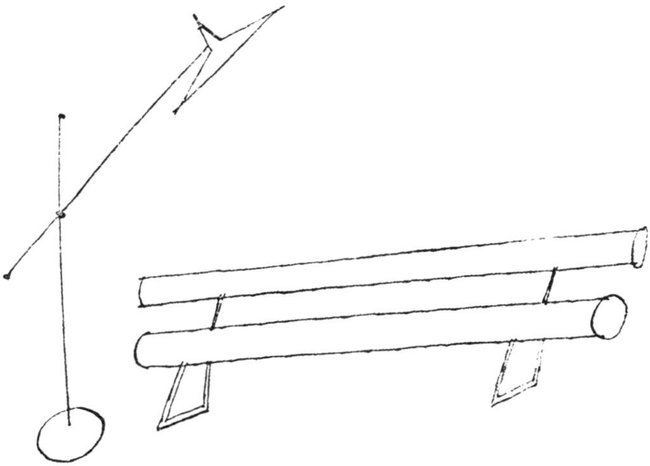

a escada. Para ser sincera, é prático. Nada de pregas, nada de relevos: portanto, menos poeira.

Eu deixava brincar na minha cabeça essas frases que conhecia bem até demais, que eu ouvia aos pedaços. Minha mãe e a casa dela... Uma casa que não tinha segredos para ninguém, que era visitada feito um museu, ou como uma feira moderna. Às vezes eu me pergunto se as linhas retas que nos rodeiam não endurecem o nosso coração.

– Meu marido e o Gérard saem cedinho, assim posso fazer a faxina de manhãzinha. Preciso ficar de olho em tudo, é terrível. Meio-dia, o Charles, sempre com pressa – negócios! –, vai embora logo em seguida. E eu não posso desperdiçar nem um minuto durante a tarde. Quanta coisa para fazer! Felizmente, estou bem equipada. Mas os aparelhos precisam de manutenção: limpeza, graxa, regulagem, descongelamento, revisões... Nunca termina. O Gérard volta da escola lá pelas cinco. É o tio dele, meu irmão, que traz, ou pelo menos trazia, porque agora...

Meu tio trabalhava na Usina Lambert e eu não podia fazer nada quanto a isso. Nas fábricas, não havia quinta-feira de folga. Ele nunca mais vai vir me buscar, eu pensava, nós dois não vamos mais voltar juntos, por caminhos imprevisíveis, caminhando ao léu, que nem os outros estudantes. Eu teria que voltar pra casa sozinho, e rápido. A empregada ia me pegar no caminho.

Eu estava jogando bola. Deixava ela cair leve na minha frente. Dócil, ela vinha parar entre as minhas mãos.

Uma campainha especial, dentro de casa, me avisou que o bife estava no ponto, de um dos lados. Ouvi os gritos da minha mãe, vi que ela foi correndo para a cozinha, com a visita intrigada logo atrás. Um quadro de avisos, botões, alavancas... Movido por um mecanismo preciso, o bife voou pelos ares, virou em pleno voo e caiu de volta na grelha.

E a visita continuava, pelo mesmo caminho. Gostou desse lustre? Dessas luminárias de parede? A iluminação é muito cômoda. Cada um com a sua lampadinha.

O meu pai chegou e ficou lá, sendo cumprimentado durante um tempão. Mas que jardim bárbaro! Ele recebia os elogios com uma amabilidade que me incomodava, se inclinando de leve, com um risinho de modéstia.

Eu pensava: talvez os meus pais tenham razão. Talvez, ao crescer, eu descubra o charme daquelas pedrinhas, as qualidades daquele chafariz.

Nunca descobri.

– Perfeito, perfeito – dizia a vizinha.

Os braços dela, intermináveis, traçavam longas parábolas no ar. Ela admirou uma última vez o comovente quadro que era aquele jardim, aquela casa, aquela família moderna. Equilíbrio, felicidade... Ela viu meu pai e minha mãe sorrindo, o chafariz jorrando, as vidraças brilhando. Ela me viu.

– Ah, mas vocês têm sorte! – disse. – Eu moro sozinha, numa casa enorme.

E foi embora, numa grande agitação de panos vermelhos.

– Como eu queria conhecê-la! – exclamou a minha mãe, desligando o chafariz. – O que você achou dela?

– Pois é... – disse o meu pai, pensando. – Não dá pra dizer que é bonita, mas...

Nisso eu reconhecia o meu pai, meu tão fraco pai. Tinha certeza de que ele nem havia reparado na beleza da vizinha. Mas ele não se atrevia a confessar. Tinha medo de se enganar. São as mulheres que decidem quais mulheres são bonitas. Um brilho assim, um jeito de falar e de gesticular, cores vivas, tudo aquilo tinha deixado ele tonto.

– Ela... tem alguma coisa que as outras não têm – disse ele, por fim. – Mas calma. Vou explicar.

Entrei em casa, atrás do meu pai. O telefone tocava, um barulho entre os demais: a porta, a grelha, os despertadores. Era preciso se acostumar para saber de onde vinha cada campainha. No começo, assim que a gente foi morar na casa, os meus pais confundiam todas. Iam abrir a porta enquanto o bife carbonizava.

Depois de alguns meses, os reflexos deles se educaram. Obedeciam que era uma beleza.

– Alô?... Ah! Olá, senhor Lambert!

Apurei os ouvidos.

– Não, não é meu irmão não, é meu cunhado... É... Como é que é?... Ah! Ah!... É mesmo?

Sem fazer barulho, cheguei perto do meu pai e fiquei imóvel, o coração disparado. O sr. Lambert tinha ligado, e pelo rosto e pela voz do meu pai eu adivinhava que alguma coisa estava errada. Será que era o meu tio? Na mesma hora, pensei que talvez, talvez... Veio uma esperança. Meu pai ficou calado por um ou dois minutos. Eu conseguia ouvir a irritação crepitando na voz do sr. Lambert.

– Não consigo entender, acredite... – disse por fim o meu pai. – Nunca poderia imaginar... Juro que nunca o vi assim, compreende?... No seu lugar, eu também... Pois é! Fazer o quê?... É isso mesmo... Pode contar comigo... Tchau...

Meu pai nunca bateu o telefone tão forte como naquele dia.

– Ah! Muito bem!

– Quem era? – perguntou minha mãe.

– O Lambert.

– E então?

– Ah! Muito bem! O seu irmão! – gritou meu pai.

A raiva ia roubando as palavras dele. Sacudia ferozmente a cabeça, tirava os óculos, punha de volta, num gesto que era bem dele.

– Que beleza!

– O quê?

– O seu irmão! Muito bem! Trinta segundos trabalhando para o Lambert! É um belo recorde!

– Como assim?

– Foi despedido! Despedido trinta segundos depois de entrar na fábrica!

– Mas por quê?

– Por quê?

Nesse momento, meu pai percebeu que eu estava lá. Viu meus olhos brilhando, percebeu que eu escutava cada palavra que ele dizia, que eu não me aguentava. Mas estava nervoso demais para se preocupar com a minha felicidade. Puxou a minha mãe e falou com ela em voz baixa. Minha mãe ficou abatida, chateada.

Conversaram por um bom tempo, sem que eu conseguisse ouvir, levantando os braços, balançando a cabeça.

– Não é possível!

– Pois é!

Uma amiga da minha mãe ligou para ela.

– Se você soubesse o que está acontecendo com a gente! – disse a minha mãe no telefone. – Oh! É culpa do meu irmão, essa preocupação toda, sabe quem ele é?... Sabia que o meu marido é um grande amigo do senhor Lambert? Imagina só. Pois é, fibroplásticos, derivados do carvão! Ele e o meu marido se formaram juntos. E hoje de manhã o Charles foi falar com ele, ver se conseguia um lugar para o meu irmão. Uma coisa à-toa, não é mesmo? Entre pessoas da mesma área e da mesma turma de escola. Mas o que é que eu estou dizendo... Na verdade o tal Lambert tratou meu marido como um estranho. O Charles ficou desorientado! Que frieza! Pois então, o Lambert disse: tudo bem, manda o seu cunhado vir falar comigo, e vamos ver. Vamos ver! Tudo isso num tom seco, você nem imagina! Então meu irmão foi lá, eles colocaram ele lá, e imagina só, não ficou nem trinta segundos!... Não! Uma loucura! Foi posto na rua!... E sem indenização! Por quê? Ah! Isso, minha querida, é um mistério. Não consigo acreditar... Disseram que ele subiu numa mesa e...

Nisso, a minha mãe baixou a voz. Eu não conseguia ouvir direito. Por isso, nunca saberei por que meu tio foi demitido da Usina Lambert.

– Calúnia, só pode ser isso! – minha mãe continuava. – Você imagina o meu irmão nessa posição? Que ele tenha deixado pegadas, vá lá... Mas isso não quer dizer que... Não, o Lambert tem um pretexto para mandar ele embora e humilhar a

gente. Não é a opinião do Charles, mas eu... Oh! Você sabe que o Charles joga tudo nas costas do meu irmão. É, tem razão... Bom, tudo bem, a gente manda notícias. E em casa, tudo bem? Que bom, que bom... Tchau!

Minha mãe desligou suspirando e veio até nós.

– Está na mesa.

Em silêncio, comemos nossa refeição vermelha e verde, à sombra de uma persiana metálica. Meu pai, ainda abalado pelos acontecimentos, não dizia nada. Minha mãe olhava para mim de vez em quando. Ficava me pedindo para não expressar muito a minha alegria.

E então chegou o meu tio. Eu estava esperando, sentia que ele ia chegar. Apareceu com um humor excelente. De longe, da churrasqueira, nos cumprimentou, na maior. Ele não tinha

ficado nem um pouco abalado com a demissão rápida.

Meu pai provocou:

– Deve ter vindo receber os cumprimentos...

– Ora, Charles – disse a minha mãe, botando panos quentes. – O que está feito, está feito. E você sabe que esse seu Lambert...

– O Lambert sabe o que faz.

– Oh...

O meu tio se sentou na nossa frente, numa das poltronas-porta-ovo-quente. Chamamos elas assim porque, para mim, sempre lembraram esse objeto. Meu tio se sentou; ou melhor, tentou se sentar. Escorregou devagarinho até o meio da poltrona, se segurando nos braços. Ficou com os joelhos mais altos que a cabeça, e os ombros levantados.

Meus pais olhavam com o canto do olho, meio sem graça.

Ele jamais conseguiu se sentar naquela poltrona. Bem que tentou, de todos os jeitos, examinar e pensar, mas não entendia o mecanismo. Meu tio não tinha se adaptado aos móveis modernos.

Pegou uma cadeira, esfregou as mãos.

– Tudo bem? – disse ao meu pai.

– Tudo bem...

– Pois é! É o essencial! Quando a saúde vai bem, tudo vai bem!

Por um momento, fiquei em dúvida. Será que o meu tio não tinha vindo zombar da nossa cara, zombar do meu pai, o coitado do meu pai, que não comia nada, que não aguentava mais? Naquele dia, no jeito tranquilo do meu tio, no sorriso dele, nos tapinhas sonoros que ele dava nos ombros do meu pai abatido, havia uma certa ironia fanfarrona. Não entendi direito a atitude dele. Hoje eu penso que a Usina Lambert não existia mais para ele. Tinha esquecido. Havia se livrado do emprego com uma rapidez impressionante,

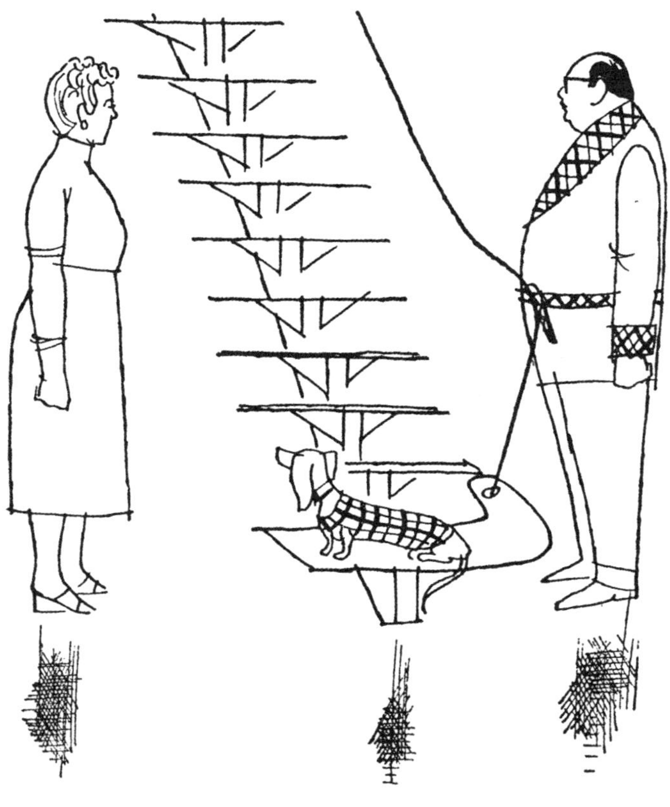

tirara de letra, mas tenho certeza de que não foi de propósito. Um pouco de distração, de ingenuidade, inocência... Meu tio não estava zombando do meu pai. Ele era incapaz de fazer uma coisa dessas.

Durante a refeição, ele tirou do bolso, como sempre fazia, vários badulaques, um bonequinho de papel, um apito, e me entregou por cima da mesa. Bagunçou o meu cabelo com a mãozona dele. Por que é que eu preferia aqueles brinquedos baratinhos em vez das minhas locomotivas e carrinhos movidos a pilha?

– Tudo bem desde hoje cedo?

Eu ria e olhava nos olhos dele.

– Come – disse a minha mãe.

Acho que estou dando uma imagem resumida dos meus pais. Meu pai: um executivo exausto. Minha mãe: uma dona de casa. É injusto, mas são os traços que eu guardei, os que mais me marcaram durante a infância. Por trás daquelas atitudes imutáveis, por trás daqueles tiques, daquelas frases banais, daqueles gestos repetidos mil vezes, com certeza havia alguma outra coisa. Mas o quê?

– Estou com sede – disse o meu tio.

– Pega um copo na cozinha.

– Na cozinha?

– É claro. Está com medo?

– Não. Não, mas...

Sim. Ele estava com medo. Que nem eu. Eu gostava do meu tio porque as mesmas coisas causavam a mesma repulsa na gente. Entre todas as partes da estranha casa que me abrigava, eu tinha medo da cozinha, casamata branca onde cada objeto parecia esconder um perigo; onde, de uma hora para outra, os aparelhos começavam a se mexer, a gemer, a queimar. Para entrar, era preciso passar a mão na frente do sensor magnético.

A porta se fechava sozinha, sem fazer barulho, feito uma armadilha funcionando.

Eu nunca me aventurava na cozinha sem um friozinho na barriga. Geladeiras, fogões, escorredores, grelhas e espetos, moedores, processadores, centrífugas e fornos me esperavam, à espreita, ocultos na brancura dissimulada. Manivelas e botões brancos, vermelhos, pretos, fios, muitos fios...

Olhos te olhavam. Armários se fechavam brutalmente, que nem arapucas. Imagine o meu tio lá dentro, procurando um copo. De longe, lá da mesa, ouvimos ele abrindo e fechando portas, abrindo torneiras, manipulando utensílios. Um barulho de vidro quebrando no chão.

– O que é que você fez aí? – gritou a minha mãe.

– Nada.

– Quebrou um copo?

– Quebrei...

Meu pai balançava a cabeça, com um pouco de pena. Era assim. Nada mudava. Em cada visita, meu tio quebrava alguma coisa.

– Sabe que eu tive uma ideia? – minha mãe disse para o meu pai, apontando para mim. – Se ele fosse dar uma volta com o tio hoje à tarde, eu poderia dar uma boa arrumada no *living room*. Gérard, quer sair com o seu tio?

Eu me pergunto se não respondi rápido demais. Já de pé, percebi nos olhos da minha mãe um brilho inquieto. Parecia que ela estava me dizendo: não demonstre que você ficou feliz. Não sorria. Tira do seu olhar essa alegria que faz mal ao seu pai.

– Que o tio pelo menos sirva para alguma coisa – murmurou meu pai, se levantando. – O café está pronto?

– Georgette! O café do patrão!

Nos dias bonitos como aquele, meu pai tomava café no jardim. Com as costas ligeiramente arqueadas, ele foi embora sem sequer nos dar tchau. Seguiu maquinalmente um caminho que tinha uma virada brusca em ângulo reto. Meu pai também se virou, feito um soldado. A vida dele não ia além de algumas linhas retas.

Balançando os braços, ele veio até o pódio – era assim que a gente chamava um pequeno promontório elevado no jardim –, sentou-se pesadamente. Um guarda-sol azul protegia a cabeça dele. Parecia cansado, desanimado.

Mas eu não estava prestando atenção. Só pensava numa coisa: o meu tio estava livre e a gente ia dar uma volta juntos durante a tarde.

– Não demorem! – disse a minha mãe.

Meu tio estendeu a mão para trás, sem olhar para mim, e a minha mão logo foi se alojar na dele. Tudo ia bem. Entre os dois cúmplices, o encanto não tinha se quebrado. Minha infância não havia morrido, e a alegria recomeçava que nem antes.

A mão do meu tio me puxou ligeira pelo caminho sinuoso. Eu ia correndo para segui-lo. O portão se abriu. Montei na garupa da bicicleta motorizada.

Antes de sair, um último olhar para o meu pai. Ele nos ignorava. Estaria pensando na gente? Sentia alguma culpa ao ver o filho fugir dele?

Cabisbaixo, pesadamente sentado na cadeira, solitário no meio do jardim aparado, ele mexia a colherinha na xicrinha de café. Por trás dos óculos grossos, os olhos miravam fixamente um ponto da mesa de ferro, à sua frente.

Um chapéu, um cachimbo e um guarda-chuva atormentavam o meu pai. No seu belo terno cinzento, com uma gravata impecável, azul-marinho, um braço pendente, quase tocando o chão, descobri um homem melancólico, cheio de preocupações, dissolvendo pacientemente o açúcar.

6

Quando nós dois saíamos a passeio eu me espantava o tempo todo com o comportamento do meu tio, o desapego que ele tinha com as coisas mais sérias, ou que parecem assim, e a atenção que às vezes ele dedicava a um tijolo caído de um muro em ruínas; um tijolo desgastado pelas águas e pelo tempo.

Meu tio o apanhava e recolocava suavemente no pedaço de muro desmoronado. Quando eu perguntava:

– Por que você está fazendo isso?

Ele não respondia, levantava os ombros e saía.

Algumas pessoas achavam ele meio bobo. Eu percebia. Adivinhava que para o meu pai, por exemplo, com todo o respeito que ele devia à família

da minha mãe, o tio Hulot não passava de um indivíduo sem méritos e sem futuro, que era preciso sustentar e empurrar para a frente.

Pois é. Era exatamente essa a opinião do meu pai.

Às vezes eu me pergunto se ele não tinha razão. Acho que não.

Quando chegava na pracinha onde cada qual conhecia meu tio fazia um tempão, eu percebia que as pessoas o consideravam como um deles. O senhor Hulot? É aquele menino velho que mora lá no alto, sabe? Um grandalhão, que fuma cachimbo. É, ele é solteiro, talvez meio estrambótico, meio distraído... Mas ele não morava pertinho das nuvens?

As pessoas o cumprimentavam sem zombaria, pediam e prestavam serviços a ele. Deixavam o meu tio viver do jeito dele, ao sabor de cada dia e cada noite, sem tentar espiar por cima dos ombros o que é que ele fazia. Convidavam ele para tomar um trago no barzinho do bairro, onde as mesas na calçada cheia de sol eram uma tentação. A zeladora do prédio passava as camisas dele. Em troca, ele comprava frutas para ela, dava umas palmadinhas nas bochechas da filhinha dela e achava ela bonita. Uma garotinha que ele conhecia desde pequenininha...

Eu acompanhava os passos do meu tio com um desejo que a cada vez era diferente e a cada vez era satisfeito, com uma confiança absoluta. Nada poderia me atingir ou me ferir. Tudo podia me distrair ou me fascinar. Passo a passo, olhar atrás de olhar, eu descobria um sabor secreto nas coisas.

• • •

Naquela quinta-feira, como em todo dia de liberdade, fomos dar uma volta na bicicleta motorizada intrépida. Ela ia sozinha para o bairro.

Eu achava aquele bairro inesgotável, íntimo e acolhedor, alegre e, no entanto, discreto. Para mim, não passavam batido aquelas fachadas onde trepadeiras subiam lentamente, aqueles mil cantinhos e esconderijos que os becos ofereciam, as árvores, as bancas de jornal, as ruínas. Naquela vizinhança repleta de coisas, perdida, que agora procuro em vão, eu me

aventurava com o coração disparado, os olhos sempre à espreita. Andava com estranhos personagens cuja linguagem eu nem sempre entendia, mas que não me davam medo. Gostava de olhar para eles, de escutá-los. Eles não diziam nenhuma das palavras que eu esperava. Não conseguia prever os gestos deles. Apesar das aparências, alguma coisa me separava deles.

Nos passos do meu tio, eu adorava acompanhar a infinita cascata de incidentes, desentendimentos e fugas.

Ele me deixava ir à vontade. Aliás, eu não ficava nem um pouco a fim de me afastar, e permanecia sempre nas redondezas. Eu me misturei, naquele dia, à turma de moleques bagunceiros que agitavam os arredores. Eram uns meninos de um mundo diferente do meu, despenteados e barulhentos, mas eu me sentia à vontade perto deles. Tentava compará-los com os meninos bem comportados, da minha idade, ou mais velhos, que de vez em quando eu encontrava na casa de amigos dos meus pais, aos domingos, e ficavam sentados na minha frente, sem dizer uma só palavra; garotos engomados, bestinhas e cheios de não me toques, que conheciam perfeitamente a arte da reverência, treinados para se manter em silêncio durante horas, a só falar sob encomenda, como quem está recitando.

Os meninos do bairro eram de outro tipo. Me aceitavam na turma naturalmente. Eu não largava deles. Ficava escondido com eles. Respirava mais rápido com a delícia que era ver o medo do guarda quando eu conspirava em voz baixa com três ou quatro daqueles moleques, meus amigos.

Não longe da pracinha, havia um terreno baldio invadido pelo mato e pelos vira-latas. Algumas trilhas já estavam se apagando, pedras para todo lado, um monte de objetos estragados e quebrados, uma árvore solitária que não pertencia a ninguém, carcaças de carros mortos, sem rodas, sem faróis, com a lataria desconjuntada afundando no chão.

Naquele mato confuso e deserto onde a gente brincava, que já não existe mais, um vendedor de sonhos tinha armado a barraquinha dele, uma carrocinha preta onde um braseiro ardia.

O cheiro de fritura dançava por entre as plantas. O homem era gordo e sujo, mas a gente não estava nem aí. Em suas mãos cheias de calos, que ele enxugava no avental, trabalhava uma massa grossa que ia polvilhando com longas cascatas de açúcar.

A voz dele era rouca como a de um feirante.

– Olha o sonho, que delícia o sonho!... Aqui, meninos, aqui, é baratinho!... Ah! O rei do sonho, olha o sonho, o melhor!

Enquanto comia um daqueles sonhos que pingavam gordura, com o açúcar crocante, eu me deleitava de um jeito que, na verdade, não tinha nada a ver com aquela guloseima. Era bom? Ruim? Não importava. Por alguns francos que o meu tio me dava, eu partilhava as mesmas delícias que os meninos descabelados, vestidos com pulôver listrado, que me aceitavam entre eles. Ficava meio parecido com eles, e tinha orgulho disso. Sentado no chão de terra, eu cravava os dentes na massa quente e ria.

Uma das nossas principais diversões – descobri naquele dia – era a brincadeira do poste. Conhecem? Acho que foram os meus amigos que inventaram. Eles criaram as regras.

É assim.

A gente se agachava atrás de um tapume meio aos pedaços que ficava um pouco acima da rua – uma ruazinha acidentada que ia sumindo em ondulações. Diante do nosso esconderijo havia, perto do meio-fio, um poste de luz, dos tempos da iluminação a gás.

A gente punha cinco francos – a grana – em cima de uma pedra e, como éramos quatro, dava vinte francos no total, uma boa grana. Esse é o ponto.

Em seguida, a gente esperava a primeira vítima. Quando um de nós via um pedestre se aproximar, o líder distribuía os papéis.

Naquele dia, o primeiro cliente foi um pedestre inofensivo, uma espécie de contador que avançava ligeiro pela calçada. Assim que chegou a uns três metros do poste, ouviu um assobio; parecia que alguém estava chamando ele. Agachados, invisíveis – eu imitava os gestos dos meus amigos –, olhávamos pelas frestas do tapume.

O pedestre virou a cabeça, procurando quem estava chamando ele. Deu de cara com o poste de luz.

– Ganhei! – disse o moleque que tinha assobiado, embolsando os vinte francos.

– Assim é bico.

– Assim é bico! Queria ver você fazer a mesma coisa.

– E então?

– Quer valer quanto?

A gente punha a grana de novo. Eu adorava aquelas gírias, que passavam desajeitadas entre os meus lábios.

Mas o golpe do poste nem sempre funcionava. Era necessário ter força e precisão no assobio. Quando a chamada era dada cedo ou tarde demais, a vítima seguia seu caminho sem obstáculos, e o assobiador perdia. Cada um pegava a sua grana de volta.

– Paga ou dobra?

– Quer saber? Você é um molenga assobiando assim.

Eu ia aprendendo. Sentia que a minha vez ia chegar, inevitavelmente.

O homem que se aproximava levantando os ombros, chapéu enfiado na cabeça, tapando os olhos, as pernas que nem dois parênteses, era um valentão, um valentão de verdade, dava para perceber. Tínhamos um cliente difícil. Os braços afastados do corpo, um cigarro, um paletó comprido, sapato de bico fino.

O garoto assobiou de maneira magnífica. Era um sinal digno de fazer tremer todos os malandros das redondezas. Mas o valentão, certamente perdido em sonhos épicos, seguiu em frente.

– Perdeu!

– Opa! Esperem um pouco, pode ser?

O valentão parou três metros depois do poste. Com o chapéu marrom enfiado nos olhos, coçou a nuca. De quê? É, ele tinha ouvido direito. Assobiaram para ele, é. Tem gente tão folgada por aí... Preciso ir ver o que é, né?

Olhando à direita e à esquerda, os olhos apertados, o valentão voltou sobre os próprios passos, à procura do folgado.

E encontrou o poste.

Fez um barulho surdo. Com o nariz esmagado, o chapéu torto, a nossa vítima fez um gesto de ódio mortal, disparando o olhar por todos os lados: ninguém. Desgraçado!... Se alguém tivesse visto... Fazer isso, logo com ele!

Atrás do tapume, a gente se encolheu o máximo possível, prontos para dar no pé. Mas o valentão não notou a gente. Arrumou o chapéu, ajeitou o paletó, coçou o nariz e foi embora, do mesmo jeito, levantando os ombros.

O assobiador embolsou o dinheiro.

– Sua vez – ele me disse.

– Minha vez?

– É. Sabe ou não sabe assobiar?

– Médio...

Para mim, era impossível escapar. Eu já fazia parte daquele pequeno bando. Tinha que imitar os moleques em tudo. Não podia recuar, sob pena de parecer delicado ou café com leite.

Um deles me encorajou.

– Vai, não precisa ter medo. Olha aí que belo presente está chegando pra você.

Na verdade, ia ser fácil para mim. Uma mulher grandona, com uma flor no chapéu, provavelmente ia visitar alguém, e carregava, com as duas mãos, cheia de cuidados, uma caixa de confeitaria com uma fita rosa. Andava tranquila, já com água na boca, na calçada oposta à do poste.

Não dava nem para pensar em deixar uma cliente daquelas passar. Era preciso fazer alguma coisa. Felizmente, os meus amigos eram organizados.

– Atenção, desvio! – disse o líder.

O menor de nós apareceu fora do esconderijo, pulou para a rua, pegou um galho e saiu esfregando no chão, na direção da tal dona, levantando grossos redemoinhos de poeira.

Ao ver o pó:

– Oh! – fez a passante, mudando de calçada na mesma hora.

Cinco metros, quatro, três...

Quando ela estava a dois metros do poste, assobiei. Assobiei do melhor jeito que podia.

– Nada mau – cochicharam perto de mim.

A mulher virou a cabeça sem parar de andar e, bem devagarinho, mas com muita segurança, deu com a fuça bem no meio do poste. A caixa da confeitaria, que tinha amortecido o choque, se dobrou sobre si mesma e virou uma massa informe de papel branco que embrulhava uma fita rosa.

A mulher olhava para ela com uma cara muito séria.

Então meu tio apareceu, sempre na hora certa. Estava me procurando. Avançou até o tapume. Ao perceber, no outro lado da rua, a nossa infeliz cliente, que ele com certeza conhecia, meu tio levantou o chapéu e se inclinou.

A mulher balançou a cabeça e, olhando para o meu tio com os olhos em fúria:

– Ah! Muito engraçadinho... Ah! Muito bem, perfeito...

• • •

Fiz mil coisas naquela quinta-feira. Foi um dos dias mais bonitos da minha infância.

Eu me empanturrei de sonho. Com os meus companheiros de aventuras, corri até perder o fôlego no terreno baldio e nas quebradas do bairro. Eu me acostumava a todas as brincadeiras, assobiava que nem um malandro de verdade, aprendia a despistar os policiais escorregando pelas ladeiras. No final do dia, sabia me enfiar nos lugares mais incômodos e ficar lá, sem respirar, na penumbra, enquanto os passos metálicos do representante da lei soavam acima da minha cabeça.

Nada é mais ocupado que um dia de uma criança quando ela faz o que tem vontade. Eu não abria mão do imprevisto, dos sonhos gordurentos, das corridas que não terminavam nunca, das fontes onde a gente matava a sede, do poste, do terreno baldio. A tarde passou rápido demais e a noite infelizmente chegou. Minhas roupas estavam uma bagunça, os cabelos embaraçados, as bochechas castigadas pelo vento, pela alegria.

De noitinha, meu tio me disse:

– Está tarde. Talvez esteja na hora de voltar para casa.

– Por quê?

– Não sei. Por causa da sua mãe. Depois você volta.

Eu dei tchau pros meus amigos, que iam ficar um pouco mais. Prometi voltar assim que possível. A gente se despediu feito ex-combatentes vitoriosos, com orgulho de suas conquistas e cicatrizes.

• • •

Ai de mim! A volta para casa não foi nenhum triunfo. Meu pai e minha mãe estavam me esperando há um tempão, e começavam a ficar preocupados. Entrei rapidinho, acho que voei em cima da minha mãe, aos berros:

– Mãe! Mãe! Você não sabe!

Eu não conseguia dizer mais nada. Minha mãe me afastou com um gesto, me pegou pela gola do casaco, dando uns gritinhos horrorizados, e me empurrou para dentro de casa. Todo o meu entusiasmo desapareceu. Minha mãe se mantinha à distância, que nem o nosso cachorro, quando entrava sujo, de manhãzinha. Para falar a verdade, as minhas roupas estavam em farrapos. Eu não passava de um monte de barro.

Na mesma hora, foi um grande corre-corre, a higiene em ação. Num piscar de olhos tiraram a minha roupa, e fui mergulhado, escovado, penteado. Minhas roupas foram postas numa sacola. E, enquanto a minha mãe me transformava numa figura civilizada, enquanto, acho eu, meu tio discretamente dava no pé, meu pai ia de quarto em quarto, berrando. Afogado na espuma, piscando debaixo do sabão, avermelhado por causa da bucha de crina de cavalo, eu ouvia aos pedaços a raiva do meu pai.

Tudo ia mal.

– Mas... O que isso quer dizer?... nem boa-noite!... o tempo todo, e nem uma palavra! Ele não gosta daqui? É só falar! Quem é que construiu esta casa? Fui eu! O conforto, sou eu de novo! Os estudos, os livros, as roupas, a comida, sou eu, sempre eu! Eu sou o pai dele!... Alguém gostaria de tomar o meu lugar? Nem se preocupem!

– Calma, Charles, fica mais calmo, Charles, pensa bem... Esse menino, você sabe... Charles, por favor, Charles...

Rosado, penteado, polido, ensaboado, perfumado, uniformizado num pijama limpo, fui para a mesa. De repente, a água quente tinha trazido todo o meu cansaço. Eu não aguentava mais nada. Apoiei a testa na mão, o cotovelo na mesa. Estava com soluço. Os sonhos, sem dúvida.

Minha mãe pôs luvas de náilon e pegou, com um pegador branco, um ovo numa autoclave portátil. Os gestos dela eram precisos. Um jato de vapor esterilizou meu prato, minha colher, meu copo e meu porta-ovos quentes.

O ovo estava na minha frente, prontinho.

– E então? Não está com fome?

Balancei a cabeça.

– Está doente?

Ela pôs na minha testa uma mão dentro da luva.

– Está com febre?

Eu não estava mais com vontade de contar para a minha mãe tudo o que eu tinha visto, tudo o que tinha feito. Ela não teria gostado das minhas aventuras.

Nesse momento, meu pai entrou de repente. Estava cansado de andar em círculos naquela casa quadrada.

Os acessos de cólera do meu pai nunca me assustaram. Aquele homem de boa reputação, tão

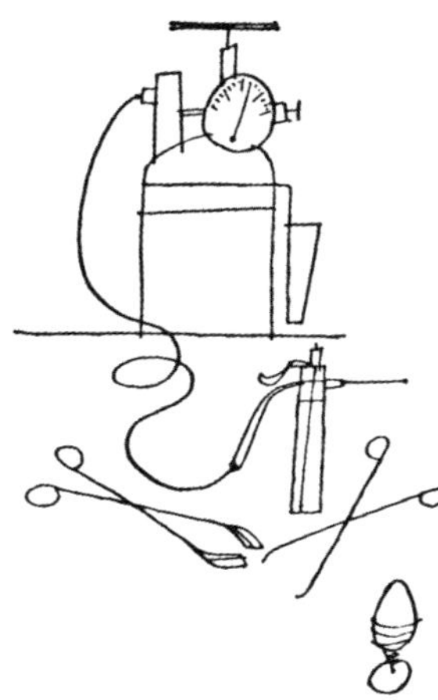

temido lá na fábrica dele, não causava impressão nenhuma no próprio filho. Para não decepcioná-lo muito, de vez em quando eu fingia que estava com medo, suplicava quando ele gritava demais. Pois é! Era o meu pai. Não ia me matar.

– Não, não e não! Isso não pode continuar!

– Ora, Charles...

Minha mãe puxou meu pai pelo braço.

– Vem. Vê se se acalma.

Os dois saíram e fecharam a porta. Meu pai não se acalmava, apesar dos esforços da minha mãe. Eu ainda ouvi:

– O tio! O tio! Não é exemplo que se preste!

Esquecendo o cansaço, levantei da mesa, entreabri a porta da cozinha. Meus pais não estavam prestando a menor atenção em mim. Iam pela sala, andando de um lado para o outro. Por uma fresta, eu estava assistindo a uma daquelas cenas decisivas que sacodem as famílias de vez em quando. Responsável por aquela comoção, eu não me mexia, não dava um pio.

– Charles, escuta, não fica nervoso assim...

– Não estou nervoso. Estou raciocinando, só isso.

– Sabe, Charles, que eu acho que entendi o que falta para o meu irmão. Quando eu olho para a gente vivendo com conforto, harmonia... O que falta para o meu irmão é um objetivo na vida, entende?, um lar...

Num gesto largo, minha mãe abraçou a casa, o jardim...

– ... é tudo isso!

– É. E daí?

– E daí?

Ela apurou os ouvidos.

– Charles... Você não está ouvindo?

De fato, todos percebemos, depois de um instante, um barulho singular que vinha de fora, um clique mecânico e monótono.

– É na vizinha? – perguntou o meu pai.

– Exatamente. Vem dar uma olhada.

Ela foi na frente do meu pai, pela escada. Não dava para segui-los sem que eles percebessem. Em passos furtivos, fui entrando no *living room*. Meus pais tinham subido para o segundo andar. Ouvi as duas janelinhas se abrir. Com certeza meu pai e minha mãe estavam olhando para a casa da vizinha. O que eles queriam com a mulher estranha que eu tinha visto de longe naquela mesma manhã?

Pouco depois, desceram de novo. Me escondi rapidinho na cozinha, deixando a porta entreaberta. Qual era a ideia da minha mãe?

– Claro – disse o meu pai, já entrando no *living room* –, é claro...

– Não é? Você viu o cortador de grama dela? Charles, eu te garanto que ela é uma dona de casa admirável. Quer saber a minha opinião? A casa dela é mais bem cuidada que a minha.

– Também não precisa exagerar.

– É, sim. Eu admito. E então, o que você acha dela?

– Pois é!... Claro que não dá pra dizer que ela é bonita de verdade, mas... Ela é... ótima.

– Entendeu? – perguntou minha mãe. – Tenho outra ideia. Domingo, eu convido...

– Sei, sei, entendi...

De onde eu estava, via as costas do meu pai, sentado numa poltrona, na frente de uma lareira falsa. A minha mãe esvoaçava ao redor dele. Ela estava na praia dela, e meu pai tinha sido reconquistado.

– Vou organizar uma recepçãozinha, tipo um *garden-party*. Nada de comida, só coisas frias. Cada um pega o que gosta de comer. Uma coisa bem simples, bem simpática, para os íntimos...

Deixando minha mãe entregue aos projetos dela, voltei para a mesa. Minha cabeça caiu no oco das minhas mãos. Eu tinha uma leve consciência de um novo perigo que me ameaçava, mas naquela noite não tinha forças nem para pensar nele. Ia adormecendo de leve. Que quinta-feira!... Múltiplas imagens passavam e repassavam pelas minhas pálpebras frouxas, me assombravam, me ninavam, barulhos e vultos, cheiros e risadas. Era um turbilhão me puxando para o sono.

7

Durante três dias, de quinta até domingo, minha mãe fez a lista de convidados, telefonou, montou o cardápio. Eu já tinha entendido aquele plano maluco: ela enfiou na cabeça, por uma estranha cegueira, que o meu tio e a nossa vizinha formariam um casal perfeito. Esse casamento, segundo a minha mãe, seria um remédio para todas as nossas infelicidades. Faria do meu tio um homem ajuizado, ocupado, um chefe de família.

Só lembro de um leve medo que senti com a perspectiva desse casamento. Apesar de todos os meus esforços de imaginação, eu não conseguia relacionar o meu tio e sua noiva prometida. Não conseguia vê-los morando juntos. Intuitivamente, eu adivinhava que eles não poderiam formar um casal.

Mas a decisão da minha mãe, a minúcia dos preparativos e o otimismo dela mexiam comigo. Eu me via novamente solitário, privado de tudo o que fazia a minha alegria. Durante aqueles três dias, eu ficava ora nervoso, ora mais confiante. Apesar dos meus esforços, o casamento do meu tio ia se tornando a minha principal preocupação.

Eu me assustava principalmente com a atitude do meu pai. Depois da fúria da noite de quinta-feira, veio uma calma equívoca e enganadora. Minha mãe falava, falava, argumentava, arranjava desculpas, e meus pais paravam de discutir quando eu aparecia. Eu ainda não tinha certeza de nada e temia o pior: a entrada do meu tio na Usina Plastac. Até aquele momento, meu pai tinha se recusado a fazer isso, por mil motivos diferentes. Não dou nada de mão beijada, dizia ele. Ele mandava o meu tio para a Usina Lambert, que era concorrente da dele; mas tomava o cuidado de não levá-lo para a sua própria fábrica.

Pouco a pouco, no entanto, as manobras da minha mãe conseguiam dobrar o meu pai. Eu tinha essa impressão. Num gesto magnânimo, ele tratava de abrir os portões de ferro da fábrica para o meu tio. Terrível visão que me perseguia... Em sonhos, eu via o meu pai com uma barba satânica, unhas enormes e encurvadas, olhos de fogo, recebendo na Usina Plastac o meu tio, muito inocente, anjinho com duas asinhas brancas. O inferno. Era bem aquilo que eu temia.

Domingo de manhã, aproveitando a agitação da minha mãe – nada estava pronto –, consegui escapar para ir até o bairro. Na manhã daquele dia decisivo eu queria ver o meu tio, avaliar a força dele antes da luta que ele ia enfrentar.

Cheguei sozinho na praça.

Dava para ver que era domingo por sinais imperceptíveis, uma certa ternura do ar, a alegria preguiçosa das pedras e das árvores. Um ócio feliz pairava sobre a praça onde as pessoas caminhavam ao léu. Onze da manhã, domingo, sol e preguiça, dia sem trabalho, lentos minutos... Para receber o vaivém dos pedestres, as árvores estavam providenciando folhas novas. As plantas se espichavam pelas paredes feito dorminhocos indolentes. Cheiros de cozinha voavam de uma janela para outra.

De roupa limpa, e às vezes até nova, as crianças, os meus amigos da quinta-feira, passeavam com prudência e dignidade. Dava para perceber que aquele bom comportamento matinal não ia durar. As brigas já começavam a estourar e a musiquinha de uma vitrola, ali pertinho, eram um convite à dispersão. Era difícil resistir.

Atravessei a praça. Seguido por um cachorrinho preto e branco, um pescador com vara e toda uma parafernália de pesca ia para os lados do rio Marne, sonhando com tarrafas milagrosas, mas também com frescor, água corrente e talvez um bom cochilo sob os arbustos. Um aposentado já de certa idade, engravatado, abotoado, passeava de braço dado com a mulher e dava uma olhada de lado para o barzinho de onde jorravam barulhos, vozes, o burburinho de

um bilhar bem perna de pau. Eu ia me enfiando em meio aos grupos de pessoas, cumprimentando aqui e ali. Todos os moradores do bairro pareciam ter marcado um encontro na pracinha.

Sem chapéu, sem gravata, sem nem ter acordado direito, meu tio pegava das mãos da filha da zeladora do prédio uma das camisas dele, limpa, bem passada. Cheguei perto. Com a mão, ele bagunçou totalmente o meu cabelo e foi andando ao meu lado, pela calçada.

Perguntei:

– Por que você foi mandado embora da fábrica do senhor Lambert?

Ele tirou o cachimbo da boca, pensou um pouquinho, levantou os ombros e me respondeu:

– Não sei.

– Então me diz se é verdade que você vai trabalhar com o papai.

– Ah...

– Não?

Deu a entender que não sabia de nada, que não estava a par. Não insisti. Não quis falar com ele sobre o casamento. Estavam tramando intrigas pelas costas, mas eu confiava nele.

Um senhor, com a cara toda vermelha, não conseguia disfarçar que estava mais pra lá do que pra cá: vestindo o paletó em cima do pijama, ele arrastava as chinelas na direção da saída. Levava um cachorro pela coleira e um regador. Queria oferecer um pouquinho de água para os vasos de flores da zeladora.

Ele encontrou o pescador, e os dois homens trocaram algumas palavras de todos os domingos. Eles gostavam de se encontrar na mesma praça. O dia estava bonito. Dia de pesca. De regar as flores.

– Vamos tomar um trago?

– Pois é!...

– Ah! O quê...

O senhor de pijama deixou o regador na calçada – coitadas das flores, só bebem água, e ainda... – e foi para o bar com o amigo. O pescador, no final das contas, não estava com pressa. Domingo... Os peixinhos vão ter que esperar.

Meu tio seguiu os dois, com a camisa debaixo do braço.

– Me espera aqui – ele me disse.

Fiquei na calçada. Vi os três desaparecer – eles insistiam para o meu tio entrar – na porta escura e fresca do café. As pessoas entravam com um sorriso nos lábios. Outras iam embora já com saudades, bem devagar. Ficavam por um tempo no meio-fio, balançando os braços, numa conversa interminável, depois, de repente, mudavam de ideia, iam embora à força. Só mais um, o último, só mais um pouquinho...

Bar, refúgio, lugar de encontros e amizades, brigas, discussões inúteis. Tantas vezes meus pais me recomendaram que eu evitasse aqueles lugares, que eu ficava com uma vontade danada de conhecer. Mas, como eu era bem-comportado e de boa família, nunca ia lá. Não acompanhava o meu tio, e aliás preciso concordar que o meu tio ia lá com moderação. Hoje, eu às vezes tenho dificuldades para entender a atração que aquele lugar proibido exercia sobre mim,

e às vezes penso que eles deviam perder tempo lá, aquele pessoal com quem eu andava. Mas eles não queriam nem saber... Bar do tempo perdido, bar da minha infância, eu te olhava bem de longe...

Meu tio e os dois amigos dele saíram de novo. Me aproximei. Estavam mergulhados numa conversa animadíssima, falando de submarinos e bilhões. O gari se juntou a eles – não trabalhava aos domingos. Eles gesticulavam, davam tapinhas nas costas, se pegavam pelo paletó, se afastavam, voltavam, refaziam o grupo.

Uma manga da camisa limpa dançava pela perna do meu tio.

O homem de pijama, num ligeiro pileque pelo vinhozinho branco da manhã, chegou perto do regador, quis pegá-lo, mas um apito soou na direção do bar. O homem, de pijama, levantou a cabeça. O quê? Ah! Bom... Vamos, vou embora.

Deu meia-volta. O cachorro, sempre na coleira, conhecia o caminho e andava na frente dele. O homem quase não cambaleava. Parecia um cego e seu cão-guia.

Mas uma mulher pôs o nariz pela janela; sem dúvida, era a mulher dele. Viu o regador abandonado na calçada e o marido indo, muito calmamente, puxado pelo cachorro, na direção do bar.

Ela gritou:

– Gaston!

Nada. O homem nem reagiu.

– Gaston!

Nada, mais uma vez. Os dois seguiam seu caminho sem tropeços.

A mulher se pendurou na janela e gritou:

– Bobette!

O cão, obediente, voltou sobre seus passos, puxando o dono. O bebum, perdido na manhãzinha do domingo, se deixava levar pela aventura, e esta até que fazia as coisas mais ou menos bem.

A mulher, tranquilizada, sumiu da sacada.

Mas as idas e vindas dos cachorros são impenetráveis. Em vez de voltar diretamente para as flores e o regador, o cachorro do homem de pijama foi atraído pelo cachorro do pescador, que conversava com o meu tio.

Descrevendo na praça um leve deslizar, uma amável curva, o cachorro se juntou ao outro. O pescador foi na direção do bar, seguido pelo cachorrinho, que era seguido pelo outro cachorro, que o homem do regador ia seguindo. O grupinho se misturou na entrada. Eles entraram no bar numa desordem total.

– Preciso ir embora – eu disse ao meu tio. – Minha mãe está esperando. Mas não estou com vontade.

– Então fica, ué!

– Você vai lá hoje à tarde, né?

– Hoje à tarde?

– Você sabe direitinho, minha mãe te disse. Vai ter um *garden-party* lá em casa. Você vai?

– Vou, vou, claro.

– Vai cedo?

– O mais cedo possível. Já está indo agora? Você ficou tão pouco aqui.

– Não – eu disse.

– Por que você vem aqui?

– Eu... não sei.

Como explicar para ele? Para ele, que vivia naturalmente naquele bairro, o charme, a leveza, o bem-estar eram imperceptíveis. Ele não conseguia entender o que me dava saudades, o que me atraía nele, nos amigos dele, que eu via viver, na pracinha e no terreno baldio.

E eu mesmo? Será que ontem eu era capaz, será que hoje eu sou capaz de definir aquela força que me puxava para fora da minha casa? Hoje, eu talvez entenda; mas naquele momento, com oito anos de idade, eu experimentava um prazer que não dava para explicar.

Domingo de manhã. A alegria de deixar o sol escorregar pela pele, de ver as pessoas sentadas numa mesa, na varanda morna de um café, tagarelando. Quando a comida estiver pronta, a mulher virá chamar pela janela. Todos têm tempo. Esticam as pernas. Estão bem.

Os feirantes vão fechando as barracas. Era tarde, quase meio-dia. De cada casa saía a mesma melodia, uma valsa bem preguiçosa que se dissipava, girando em torno das árvores. No céu, o sol estava atrasado. As pessoas que não tinham nada para fazer não faziam nada. Os cachorros perdidos rondavam abandonados.

• • •

Encontrei minha mãe num perfeito estado de irritação. Não dava nem para chegar perto. Ela corria do quarto para a cozinha, da cozinha para o banheiro, para o jardim, para o telefone. Tinha chegado naquele instante terrível em que os convidados podem aparecer, em que nada está pronto, em que o tempo ameaça.

Meu pai, de roupa campestre, jaqueta de couro bordada, calça branca, um chapéu meio esquisito, cestinho no braço, inspecionava os buxos, ainda bem pequenininhos, e cortava as folhas mais saidinhas. Ele não tinha o menor interesse, assim como eu, na recepção da minha mãe. Aos domingos, ele tentava esquecer a fábrica dedicando mil cuidados ao seu maravilhoso jardim. Nossa casa ficava perto do subúrbio, de modo que o meu pai podia dizer que era da cidade ou do campo conforme o dia da semana.

A campainha tocou.

Minha mãe deu um gritinho, tirou o avental, girou rapidamente o botão do chafariz, abriu o portão.

Vi aparecer o verdureiro italiano, com um caixote de frutas nos braços. Com o portão aberto, via-se a silhueta do homem recortada contra a luz; ligeiramente surpreso, ele hesitava em penetrar nos lugares que ia vendo. Aquele chafariz que jorrava de repente, aquele gramado, os caminhos de cascalho...

Ele se arriscou e entrou. O portão fechou nas suas costas num golpe seco. O vendedor avançou devagar pelas lajotas tortuosas. Os olhos dele, espantadíssimos, passeavam pelo jardim.

Era só um entregador. Então a minha mãe desligou o chafariz. No momento em que o vendedor, já bastante nervoso, chegou na altura do peixe de aço, ele soltou um soluço, já meio sufocado. O fio d'água, cortado num primeiro jato, desceu e parou totalmente.

Imóvel, o italiano olhava o chafariz morrer. Nunca tinha visto uma coisa assim. Aquela casa era cheia de armadilhas, fantasmas, portas que abrem do nada...

E ainda por cima aquele peixe...

– Não estamos adiantados! – berrou minha mãe. – Charles! Não vai pagar o senhor?

– Aqui está...

Meu pai se aproximou do vendedor. Este parecia estar à vontade. Georgette, a nossa empregada, pegou o caixote das mãos dele.

– Quanto é? – perguntou meu pai.

– Oitocentos e cinquenta...

– Aqui está... Não, não! Pode ficar... – disse meu pai, com uma leve arrogância.

O italiano tocou o boné e foi embora seguindo as guirlandas que enfeitavam o caminho. Tinha as costas redondas e os pés silenciosos. Com um ligeiro temor, ele virava a cabeça o tempo todo. Olhou pela última vez para o peixe, quando estava passando perto. Algumas gotas brotavam no aço.

O italiano foi até o portão, que se abriu diante dele sem que fizesse o menor gesto. E saiu. A porta se fechou na cara de um homem boquiaberto.

Foi uma breve aparição de um habitante de outro mundo no nosso mundo... era a minha aventura ao contrário, era uma espécie de troca: naquele domingo, em um minuto ou dois, o verdureiro tinha acabado de descobrir coisas de cuja existência ele nem sequer suspeitava. Teria se ofuscado, maravilhado, encantado? Tenho minhas dúvidas. O jeito e a atitude dele só permitiam que se adivinhasse um estranho estupor.

• • •

Cortar, torrar, adoçar, apimentar, salgar, pressionar e arrumar, cortar, torrar... Sanduíches e *petits-fours*, pernil de cordeiro recheado, presunto cru, presunto cozido e presunto *light*, fatias de tomate, um pouco de gema de ovo e salada verde... Geladeira abarrotada, cozinha trepidante, especiarias, condimentos, azeitonas pretas, azeitonas verdes e pepino em conserva... Bandejas estreitas, engradados, cavaletes, cubos de gelo se chocando, vidros e canudinhos, cinzeiros, pratinhos, garfinhos, faquinhas, guardanapinhos de papel... O chá, o suco de frutas, a água mineral, as mesinhas para copos, contar as cadeiras, recontar... Cortar, tostar, adoçar, apimentar, salgar...

– Georgette!

– Pois não, senhora.

– Preciso de ajuda! Não vê que assim eu nunca vou terminar?! Você deixa tudo para eu fazer, é inacreditável! Georgette!

– Pois não, senhora.

– Não mexa nisso, infeliz! Você vai entornar tudo! Charles! A campainha!

– Onde?

– No portão, oras! Me ajude!

Meu pai, abandonando o cestinho e o alicate, ligou o chafariz e abriu o portão. Apareceu um árabe na entrada do jardim, lá longe, um vendedor de tapetes carregando retalhos coloridos.

Eu mesmo, naquele dia, me deixei levar por aquela confusão toda.

– Pode deixar – disse meu pai, cortando o jato do chafariz.

– O que é?

– Nada, nada. Não se preocupe.

O árabe estava plantado imóvel na entrada do jardim. Agitava de leve a mercadoria, mas não dava para entender o que estava dizendo: tinha muito barulho na casa.

Meu pai berrou:

– Não, não precisamos de nada!

O árabe cabeça-dura não ia embora e continuava a sacudir os tapetes flamejantes.

– Não, não vamos comprar tapetes! – berrou meu pai, levemente nervoso. – O que o senhor quer?... Mas eu já disse... Já temos tudo!... Como?... Não estou ouvindo! Como? Oh!

Vi meu pai empalidecer e entendi na mesma hora que ele. Ele se ergueu com desespero até o botão do chafariz e disse, na direção da cozinha:

– É a vizinha...

8

Ela avançou pelas lajotas a passos majestosos. Estava envolta num xale imenso, com estampa de folhas, que de longe poderia parecer exótico.

O meu pai escapuliu e deixou a minha mãe se virar. Tinha dado uma grande mancada – ainda bem que de vez em quando isso acontecia com ele – e tentava desfazê-la fugindo da confusão.

O chafariz, cansado de todas aquelas incertezas – vão ligar? não vão ligar? –, começou a funcionar com má vontade, em pequenos jorros.

– Oh! Amiga, querida! – gritou minha mãe, aparecendo no alto da escadinha. – Como vai?

– *Wonderful!* – disse a nossa vizinha, sem que a gente soubesse do que ela estava falando.

Ela acrescentou:

– Talvez eu esteja adiantada...

– De jeito nenhum! Não vou servir nada quente aqui, você sabe. É um bufê frio.

– Talvez eu tenha vindo um pouco... *quick*!

– Estava dando a última mão – se apressou minha mãe, que não entendia inglês. – Estava quase acabando... Só falta...

E por aí foi. A vizinha era capaz de produzir apenas exclamações curtas. Olhei para ela. Estava bem-vestida. O maior cuidado nos mínimos detalhes: duas argolas enormes nas orelhas, um chapéu turco e aquele xale... Era a segunda vez que eu a via de perto. Mas conservei dela uma imagem inesquecível. Não que ela me surpreendesse por uma singularidade notável. As maneiras dela, que ela mostrava, eu já conhecia. Ela era simplesmente, se é que podemos dizer assim, completa. Não faltava nada. Sua alta e orgulhosa pessoa era um repertório de tiques e manias. Nossa vizinha era uma síntese.

– Como você está bonita! – minha mãe disse para ela. – Como brilha esse conjunto!... E esse xale... tão original!

– Sim.

– Gérard! Vem cá! Vem cumprimentar a moça!

Com um tédio tenso, eu estava com o meu belo casaco de domingo, com gola apertada, calça cinza, um sapato impecável que me apertava um pouco. Esperava aquela recepção com um certo medo, mas tinha uma boa esperança. Meu tio ia chegar.

– Deixo vocês aqui – disse a minha mãe, depois que estendi a mão para a primeira visita. – Com licença. Meu

marido vem fazer companhia para você. Não sei onde ele se enfiou... Charles!

A vizinha disse:

– Eu reparei nele ao entrar, acenou de um jeito estranho para mim...

– Até já – disse minha mãe, vigorosamente. – Ainda tenho umas *toasts* para preparar, compreende? As taças, as bebidas, se eu não fico em cima...

– Por favor, querida, por favor...

A vizinha se sentou perto de mim e inclinou na minha direção aquele rosto de lábios vermelhíssimos. As pálpebras azuladas desciam e subiam devagar. Ela parecia uma máscara de carnaval com olhos e boca que de vez em quando se abriam automaticamente.

Não, pensava eu, é impossível que o meu tio se deixe amarrar por esses laços. Não conseguia nem imaginar ele paparicando ela, de braço dado.

Quando ela falava – e falava comigo – a voz dela se demorava nas sílabas graves, e as palavras estranguladas brotavam devagar.

– Oh! Mas agora ele é um rapaz enorme!... Que beleza de gravata!... E juízo não falta!... Eu conheço umas histórias lindas, e sei fazer dobraduras!...

Por quê, eu me perguntava olhando para ela com tristeza, olhos nos olhos, por que os adultos falam desse jeito com a gente? Os olhos semicerrados, um sorriso besta? Dobraduras e histórias lindas, para mim, que conhecia as alegrias do poste! Só podia ser uma piada!

É, eu já era um homenzinho, é, tinha posto uma bela gravata. Sim, moça, eu ia bem na escola, para agradar o meu pai, para fazer a minha mãe feliz...

Mas por que diabos você se interessava por tudo isso?

• • •

Meus pais voltaram. Pulei fora. Fazia três dias que eu estava louco para tentar sozinho fazer a brincadeira que os meus amigos tinham me ensinado. Era a ocasião tão sonhada. Tinha um poste de luz moderno do outro lado da rua. Fiquei bem atrás da grade, de olho na chegada dos primeiros convidados.

Eram os Pichard, senhor e senhora. Assobiei. Ouvi um ruído metálico e uma risada de mulher. Tinha funcionado.

O portão se abriu e o sr. Pichard entrou, esfregando o nariz. A mulher dele estava morrendo de rir.

Lembro também da sra. Pichard e do olhar que a nossa vizinha lançou para ela. A sra. Pichard usava um chapéu branco, um bolero de pele, um vestido muito comprido e sapatos muito pequenos. Ela não estava na moda; mas era uma mulher bastante espontânea, bonachona, que ria sem parar e sempre dizia o que pensava. Resumindo, era uma nota desafinada na nossa sinfonia.

No começo, um pouco intimidada, pois era a primeira vez que era recebida, que honra mais cruel, na casa dos patrões, numa recepção, o sr. Pichard tinha feito mil recomendações, falando da casa magnífica, ela fez um salamaleque bastante pitoresco para a minha mãe, enquanto o Pichard, afetado, de roupa escura – luva, camisa social, colete –, dava umas leves cotoveladas na mulher.

– Ei, e as flores?...

E ele disse em voz alta, com triunfo científico, enquanto a mulher obedecia:

– Flores de plástico! Flores que duram!

Acho que estão durando até hoje. Procurando bem, talvez eu até as encontrasse.

Depois chegaram os Walter, senhor, um homem de seus cinquenta anos, industrial rico,

muito calculista segundo meu pai, e senhora, uma moça vestida de branco que eu achei bem bonita. Dá para confiar na opinião de uma criança, quando o assunto é esse?

Eu ainda não entendia, naquela época, por que homens como o sr. Walter tinham mulheres tão bonitas.

Depois eu entendi.

Ao passar por mim, com o mesmo sorriso e a mesma voz, todo mundo se debruçava em cima da minha gravata. Repetiam que eu era um rapazinho, coisa de que eu não duvidava, e que eu crescia cada vez mais, o que era uma certeza para mim.

Todos se instalaram num canto do jardim, nas nossas melhores cadeiras. Minha mãe entrou em casa, para os retoques finais. Sozinho, meu pai teve a dura tarefa de quebrar o gelo da conversa. Não era, para ele, uma coisa fácil. Meu pai não tinha nada do tagarela de salão. O que dizer? Se os Pichard e os Walter estavam lá, não era por causa do belprazer deles, é claro, nem pelo nosso. Eles não passavam de figurantes. Já estavam quase pedindo para eles segurarem as velas.

Consequentemente, eles não tinham nada a contar ao meu pai, o que era recíproco. As palavras vacilavam nos lábios e, como era de esperar, a fábrica foi, a passos muito lentos, o abre-alas da conversa. Alguns comentários preguiçosos louvaram a produção crescente, as máquinas e os tubos. Meu pai dizia alguma coisa: na mesma hora, o Pichard aprovava. O sr. Walter não ia demorar a se encher de vez.

Pois é, uma recepção como qualquer outra. No entanto, conservei imagens felizes daqueles dias; sem dúvida porque tudo, por uma vez, andou muito mal. Eu esperava, depois desse começo pífio, uma tarde chatíssima. Foi o contrário que aconteceu. Adivinha por quê.

As coisas começaram a dar errado, primeiro para mim, quando soou uma campainha. Era ele, o meu tio.

Junto aos muros da nossa casa, presos por arames, uns pés de pera sustentavam todas as esperanças dos meus pais. Um pouco pelas frutas; por que não? Sobretudo pela harmonia dos galhos retorcidos, as folhas escolhidas, lisas, pela simetria rigorosa. Aqueles arbustos juntavam o útil ao agradável.

Para cumprimentar o meu tio, subi nos arames, agitei a mão... Ai, ai! Num gesto brusco demais, eu tinha acabado de quebrar um dos galhos. Era muito sério. Era irreparável. Aquilo merecia uma punição exemplar.

Lembro que naquela época eu vivia no grande terror de quebrar alguma coisa. Na casa dos meus pais, não me atrevia a tocar em nada, a me aproximar de nada, com medo de quebrar alguma coisa. Eu tinha sido educado para respeitar as flores artificiais.

Naquele domingo, por apenas um gesto impensado, eu me arrisquei ao pior.

Meu tio entrou de forma muito chamativa, empurrando a bicicleta motorizada dele. Chapeuzinho, sobretudo e guarda-chuva, gravata-borboleta: ele não tinha trocado de roupa para o evento.

Depois das apresentações, que foram rápidas – pela olhada que o meu tio deu na vizinha, fiquei sossegado –, eu chamei ele, grudei nele. Ele era o único, pensei, capaz de me ajudar. Imprudência fatal.

Ele me seguiu até perto dos pés de pera, viu o estrago e me disse:

– Vai ficar tudo bem.

Pegou o alicate do meu pai e estalou nos dedos. Conhecendo o meu tio, eu deveria tê-lo afastado dos arbustos, sem pedir nada. Vi ele de novo, decidido, intrépido, o cachimbo firme e orgulhoso, recuando para ter uma vista de conjunto do muro. Depois se aproximou de uma só vez...

Clac!

Não, não era possível, não era possível mesmo! Ah! Meu tio, o que que você está fazendo aí? O pedaço que ele cortou para reequilibrar não era do mesmo tamanho, era preciso fazer de novo.

Senti um calafrio. Os convidados estavam dispersos. Meu pai, que tagarelava com o Pichard – é, acho que era ele mesmo –, perto da escadinha da entrada, estava sentado numa cadeira que balançava de leve. De vez em quando, a cabeça e o peito do meu pai apareciam. Era só ele virar o olhar na nossa direção...

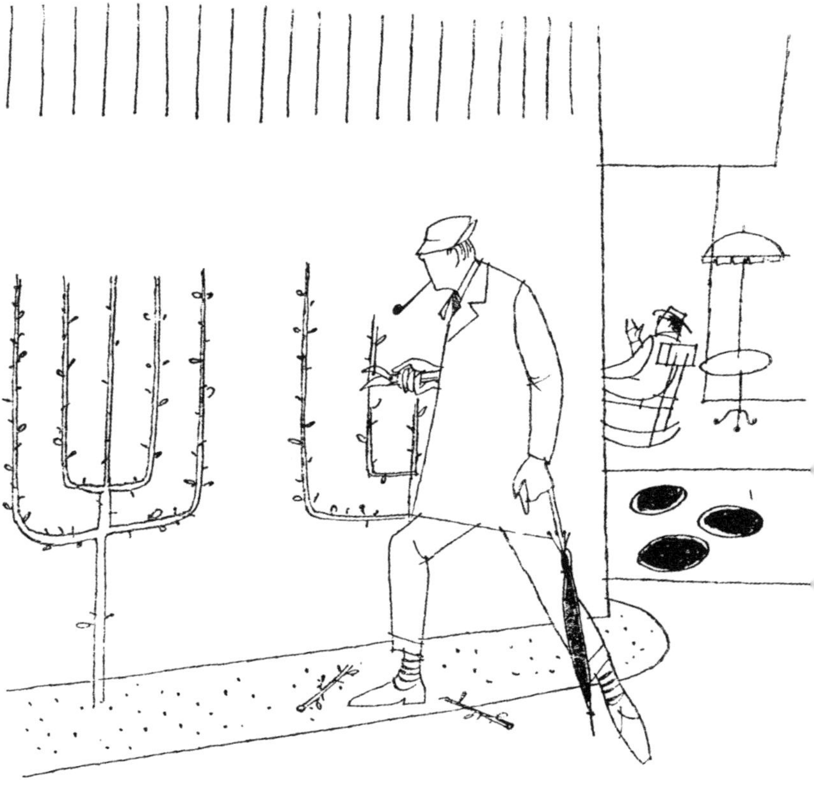

Clac!

Então vamos! Desta vez, meu tio, você se confundiu de galho! E está depenando o pé de pera! Clac! Alto demais. Clac. Muito baixo. O arbusto fracote perdia um membro depois do outro.

– Hulot!

O meu pai!

Ele chamou o meu tio, para meu terror, mas não era para dar uma bronca. Meu pai não tinha se dado conta, ainda não, de que ele bagunçava suas plantas sem a menor cerimônia. Estava radiante. Sorria, e aquele sorriso não me agradava. Eu sabia o que vinha por aí.

– Hulot, meu amigo – disse meu pai –, tenho uma boa-nova para você.

O meu tio, que não podia dizer o mesmo, se inclinou. Com delicadeza, peguei o alicate nas costas dele.

– Pois é – continuou meu pai –, imagine que me veio uma ideia, assim, hoje de manhã, enquanto eu me barbeava. Uma ideia...

– Sim – disse Pichard. – Uma ideia.

Meu pai pôs as mãos nos ombros do meu tio e de seu fiel Pichard.

– A partir de agora – disse ele – acho que vocês dois vão virar uma dupla de amigos. Venham comigo. Vamos dar uma volta no jardim. Espero que vocês concordem.

– Sim – disse o Pichard.

Eu me retirei levando o alicate. Sabia muito bem qual era a famosa boa-nova que meu pai queria dar ao meu tio. Ia dar um emprego para ele. O meu tio se tornava, a partir daquele dia, um empregado da Usina Plastac. E assim dava sua modesta contribuição ao nascimento do tubo.

Havia um precedente, sem dúvida. O meu tio já tinha alegremente se livrado da Usina Lambert, e eu nem sentia um medo tão terrível assim. Ele não era o tipo que ia se impor na Usina Plastac. No entanto, eu percebia que, com o tempo, por

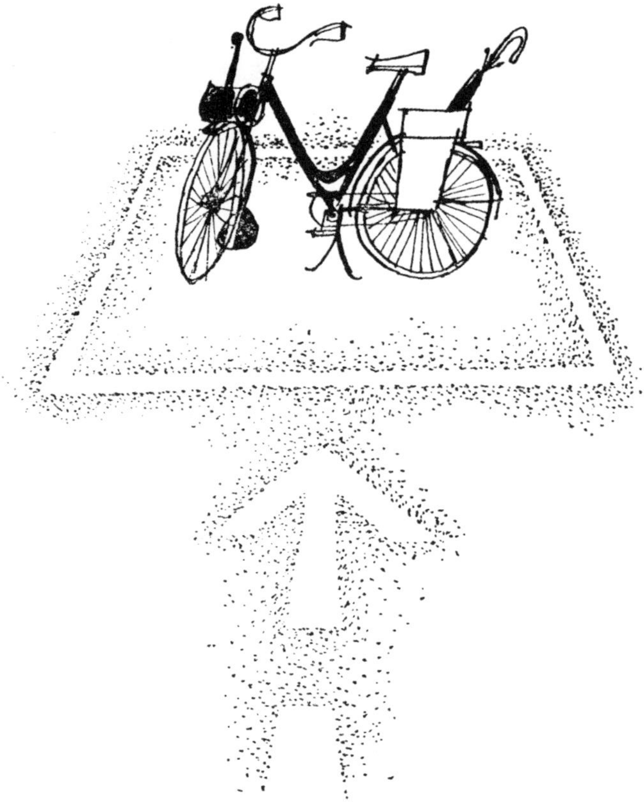

força de providências, insistências e manobras, acabariam tirando ele de mim. Emprego ou casamento: um dia ele vai se render, eu pensava, e vou ficar só.

Meu pai ia puxando ele, junto com o Pichard, por uma trilha lateral, de lajotas. Atentos aos pés, eles iam e voltavam, saltando de uma lajota para outra, como numa amarelinha interminável. Eles eram cômicos, aqueles três senhores,

principalmente o Pichard e o meu pai; conversavam muito sérios, meu pai agitando o indicador, o Pichard balançando a cabeça, e os dois aumentavam o passo, giravam sobre si mesmos, titubeavam, se abraçavam, que nem acrobatas saltimbancos do domingo. Eles faziam passar pelos meus olhos o leito de um rio imaginário.

Eu tinha o costume de reparar que os negócios dos adultos pareciam brincadeiras de criança.

O meu tio rodopiava ao redor deles. Ele não brincava, não escutava. Com suas piruetas, queria esconder do meu pai o desastre dos pés de pera.

Num dos salamaleques que ele fez, mais profundo que os outros, entendi que o Pichard tinha acabado de subir na empresa. A coisa estava acertada. Meu tio tinha arranjado um emprego.

– Já estava passando da hora – dizia meu pai, provavelmente.

E o Pichard pensava que sem dúvida tinha feito bem em ir, em pôr o terno preto, o colete preto, a gravata de bolinhas. Ele dizia a si mesmo que tinha razão, há vinte anos, em sempre concordar com o meu pai. Ele se dizia – mas será que o Pichard ainda tinha clareza suficiente para entender tudo isso? – que uma tarde de tédio pesado nunca está perdida, quando é passada na casa dos patrões. E a recepção da sra. Arpel, minha mãe, bem que valia a pena, em troca de um aumento.

•••

Enquanto isso, o *garden-party* estava no auge. Minha mãe tinha convidado as senhoras a visitar sua instalação. *Querem dar uma olhada na casa?* As senhoras a seguiram. Como recusar?

Alguns zumbidos começaram a se erguer na cozinha, foram se amplificando, enquanto a voz agudíssima da minha mãe, dominando a bagunça, lançava suas indicações de uso, devagar, velocidade 1, velocidade 2, modulação da frequência e supermultiplicada.

Mesmo com a comida fria, naquele dia as máquinas da minha mãe não tiveram descanso.

Isolado numa cadeira dura, diante de uma bebida fresca e um prato vazio, o sr. Walter pensava. Esse domingo precisa passar logo.

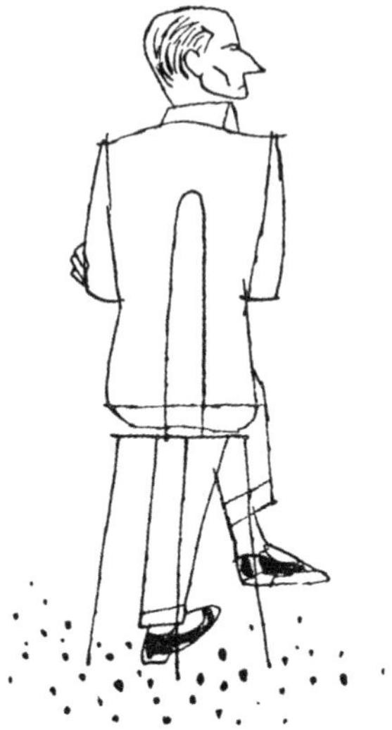

O sr. Walter também era um homem de negócios. E sem dúvida pensava que seria mais feliz na sombra de um interior longínquo, usando alpargatas e uma calça velha. Mas era impossível. Aos domingos, não dava para recusar convites.

Eu olhava para o sr. Walter. Ele pensava. Levantava a mão na direção da boca, que fazia uma careta. Consultava discretamente o relógio. Virava a cabeça para a casa, uma vez, duas vezes... Os ruídos da cozinha invadiam todo o jardim.

Sozinho em sua cadeira dura, o sr. Walter se perguntava se, por acaso, tinha sido completamente esquecido.

Minha mãe e as amigas dela saíram da cozinha e passaram pertinho de mim.

– Isso aí – dizia ela – não é nada extraordinário. Só alguns aprimoramentos técnicos... e depois um estilo, talvez.

– Exato – disse a vizinha. – Concordo totalmente. É preciso saber viver de acordo com o nosso tempo.

– Vamos tentando – disse a minha mãe –, vamos tentando.

Reparei no ar espantado, quase embasbacado, da sra. Pichard. Ela me lembrava o verdureiro. E a sra. Walter, toda vestida de branco, não falava nada. Acho que ela não abriu a boca naquele dia. Talvez por recomendação do marido.

– Estou vendo – disse a minha mãe, descendo os degraus da escadinha – que esses senhores falam de negócios. Pois, então, é a respeito do meu irmão...

Ela se inclinou na direção da vizinha.

– Meu marido vai empregá-lo na fábrica.

– Ah... – disse a vizinha. – A indústria está com perspectivas excelentes mesmo!

Nunca vou entender as esperanças dos meus pais. Como é que eles podiam acreditar que aquele casamento seria possível? Será que estavam cegos?

Enrolada no xale estampado feito um príncipe loiro das Arábias, o pescoço tenso, o queixo erguido, a vizinha fumava a longas baforadas para acalmar os nervos. É, os nervos. Eu sentia que ela não tinha orgulho nenhum por estar ao lado da sra. Pichard naquele programa dominical. De fato, para o nosso *standing*, estávamos recebendo gente sabe-se lá de que mundo! Esse bolerinho, o sapato aos farrapos, o vestido branco que ia quase até o tornozelo, e ainda esse riso espontâneo, insolente! A nossa vizinha media a sra. Pichard com um olhar soberano e tinha pouco interesse no futuro do meu tio. E fumava. A cigarreira dela, de marfim, era importada do Egito, conforme ela nos explicou.

Todo mundo voltou para perto do sr. Walter, que ficou bem contente em nos rever.

Naquele dia, milagrosamente o tédio dos começos quase não durou. A nossa vizinha, que aos poucos voltava de seu desdém, de seu isolamento, e manifestava uma certa vontade de se distrair – mas como? –, foi colocada pela minha mãe ao lado do meu tio. Olhando a cabeça dele, vi um certo pavor. Aquele turbante, aqueles brincos, aquela voz rouca, a fumaça... Ele se armou de coragem, começou a conversa. Minha mãe olhava os pombinhos de longe. Ela não tinha a menor dúvida de que ia uni-los dali a pouco.

Minha mãe adorava que as pessoas casassem sob sua tutela e iniciativa. No caso, ela havia escolhido a vizinha para ter uma cunhada da alta sociedade e da melhor estirpe. Pouco importavam os gostos do noivo. Era a minha mãe, e apenas ela, que queria casar com a vizinha.

Nesse momento preciso, tudo começou. Graças ao meu tio, devo dizer. Para dar uma ajuda à minha mãe, toda embananada com as bandejas, copos, utensílios, ele pegou uma das mesinhas para copos e quis fixar no chão. Não conseguiu, se levantou, se deslocou um pouco, buscando um terreno mais macio. Ele enfiava de novo a ponta de metal na terra. Eu observava.

Pulou uma pequena cerca-viva e cravou forte. Perfeito. A mesinha para copos penetrou profundamente no solo.

E o chafariz parou.

Ninguém reparou, a não ser meu tio e eu. Será que era um delírio nosso? Um defeito? Será que a Georgette tinha apertado o botão sem querer, no vestíbulo? Meu tio olhava sem compreender por que o peixe de aço estava seco.

A não ser que... Se por acaso... Ao mesmo tempo, a mesma ideia nos veio à cabeça.

Com muito cuidado, meu tio levantou a mesinha. Um chafariz surgiu debaixo dos pés dele.

Era óbvio: ele tinha furado o cano. Era um vazamento.

E os meus pais, que eram tão legais com ele, minha mãe, que o convidava, meu pai, que o empregava... E ele só ia lá para destruir, para quebrar tudo... Começou pelo arbusto... Agora o cano do chafariz...

Ele enfiou o pé em cima do segundo jato d'água, à sua frente. Obedecendo a um princípio de física elementar, a água jorrou de novo no chafariz, no lugar certo. Nada estava perdido, mas meu tio não podia se mexer. Por quanto tempo?

– Quer uns *petits-fours*? – a vizinha perguntou para ele, para jogar charme.

– Obrigado.

– Uns docinhos? Estão bárbaros. Um dos segredos da senhoura Arpel!

– Obrigado, obrigado...

O meu tio estava tão engraçado, com o pé no cano furado, que eu bem que teria deixado ele lá, até o anoitecer. Mas tive

dó dele. Corri até a casa, sem que ninguém me visse, e fechei o registro de água.

– Vejam só, está um pouco molhado por aqui – disse o meu pai quando eu voltei. – O que aconteceu? Está chovendo?

– Aí não ia faltar mais nada – murmurou o sr. Walter.

– É só mudar de lugar – disse o meu pai. – Vamos mais para lá.

Essa foi a primeira e a mais curta das peregrinações daquele dia. Todo mundo se levantou. Levamos as cadeiras, a mesa, os cinzeiros e as mesinhas, passamos pela cerca-viva baixinha. Meus pais e os convidados se instalaram em torno do buraco feito pela maldita mesinha.

O que tinha que acontecer, aconteceu.

– Mas... quem desligou o chafariz? – gritou minha mãe.

Ninguém respondeu. Minha mãe correu até a casa, ligou o botão. A água jorrou no meio de uma espantadíssima roda.

Os convidados, ensopados, se sobressaltaram. As cadeiras desabaram. A nossa vizinha deu um gritinho. A sra. Pichard desatou a rir.

– Georgette!

– Pois não, senhora.

– Foi você que desligou o chafariz?

– Não, senhora.

– Vá fechá-lo imediatamente.

– Sim, senhora.

A Georgette foi trotando até a casa. Desde que ela pudesse prestar um serviço...

– É só um vazamento na hora errada – disse

meu pai, ele também terrivelmente confuso, mas por outras razões. – Um cano furado, corroído... Não entendo, mas são canos de qualidade... Talvez uma toupeira, ou um rato, vocês sabem, isso aqui já é o campo... Amanhã mesmo eu vou mandar consertar.

– Amanhã? Pense bem, patrão – exclamou o Pichard –, por que esperar até amanhã?

O Pichard tinha uma nova promoção para comemorar. Ele não podia perder aquela ocasião de dar prova de um pouco de capachismo diante do meu pai. Com o tempo, o Pichard, ex-operário, saiu do chão de fábrica. Ele dizia que tinha conservado de seu difícil começo a nostalgia do trabalho manual. Tornado o homem de confiança do meu pai, ele dava expediente toda semana, na Usina Plastac, com roupa de andar na cidade. Aos domingos, em casa, de macacão, acho que ele ficava fazendo consertos domésticos.

– Acredito que podemos consertar isso agora mesmo, patrão! Os canos me conhecem, o senhor sabe!

– Meu bravo Pichard, você não está vestido para...

– Vamos lá, vamos lá, me deem uma pá e vocês vão ver só!

Em meio aos gritos de admiração dos convidados, o Pichard pôs as luvas, tirou o casaco e arregaçou as mangas. O *garden-party* tinha ficado animado de uma hora para outra.

– O senhor vai se sujar...

– Não tenha medo, senhora Arpel!

– E nós, enquanto isso, vamos transportar tudo e mudar de lugar. Voltaremos quando o bravo Pichard tiver acabado com o vazamento.

– Certo, mas aonde vamos? – perguntou o sr. Walter, já curvado pelo peso de uma cadeira.

O êxodo começou. Evitando os lugares úmidos, onde um canteiro de obras estava prestes a ser inaugurado, os convidados foram carregando as próprias cadeiras e toda a parafernália do *garden-party*. Depois eles se afastaram do jardim, em fila indiana. Carregavam cautelosamente sobre a cabeça poltronas e cadeiras, levavam debaixo do braço uma mesa que chacoalhava, as mesinhas e os cinzeiros, um guarda-sol desgrenhado. Estranho desfile, confuso e desajeitado. Mais parecia um exército derrotado, curvado com as armas e bagagens. Eles evitavam a grama, saltavam que nem sacis sobre os canteiros e as lajotas. O sr. Walter estava, acho, com uma poltrona redonda na cabeça. A sra. Pichard se matava de tanto rir. A sra. Walter

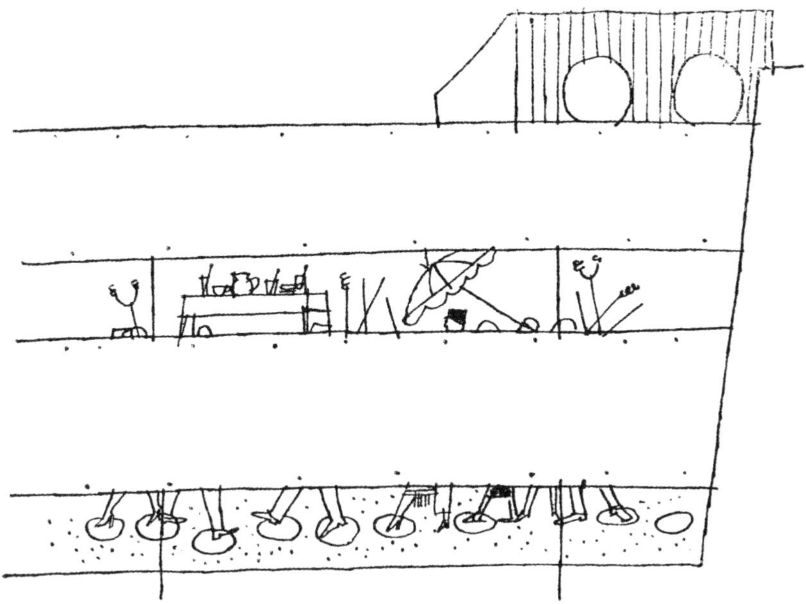

vinha no final da procissão. Feito um último oficial em enterro de um general famoso, ela não carregava nada.

Nossa vizinha abriu a marcha com a autoridade de um déspota vencido.

Mais um jogo, pensei. Esses senhores e senhoras fazem de conta que se levam a sério, mas isso no fundo é uma diversão; uma diversão que não é para o meu bico, pois não sou grande o bastante. Mas vai chegar o dia em que eu poderei entrar nessas diversões esquisitas.

Esse dia nunca chegou, é claro. Os amigos dos meus pais não estavam brincando. Procuravam um lugar seco para o tédio recomeçar. E acho que naquela tarde, quando aconteceu esse desfile, eu estava certíssimo, depois de alguns instantes de surpresa, em dar boas risadas.

Era preciso procurar um lugar seco. Mas o nosso jardim tinha sido projetado de tal maneira que não foi possível encontrar um lugar assim. O pódio estava pequeno demais para o cortejo arrepiado que se juntou nele aos trancos e barrancos e em seguida se afastou, com bandeiras ao vento.

Ele continuou, foi andando em círculos. Depois de uma boa quantidade de idas e vindas, voltaram ao ponto de partida. Resignada, minha mãe deu o sinal para a pausa.

O meu tio se juntou ao cortejo na escadinha. Ele pegou a cadeira com franjinhas que ela estava segurando e apoiou na própria cabeça. As franjas, invertidas, o cegaram. Ele mal distinguia, abaixando os olhos para o chão, as lajotas onde apoiar o pé. Uma lajota, duas lajotas, uma folha de nenúfar...

Meu tio estava dentro do tanquinho.

Era demais para o olhar de uma criança. Do final do *garden-party*, guardei uma lembrança confusa, algumas imagens rápidas e esparsas que até hoje me divertem quando me lembro delas.

Eu tinha coisas demais para ver ao mesmo tempo. Meu tio estava enfiado no tanquinho até o tornozelo. Pôs a cadeira à sua frente, na borda do laguinho, tapando-lhe as pernas. As carpas faziam um redemoinho em volta dos sapatos dele.

Ao lado, tomávamos chá.

Jamais gostei de chá. Eu sabia o que diziam os que gostam: só dá para beber um bom chá na Inglaterra. É bem possível. Mas por que beber nos outros lugares? O meu pai e a minha mãe, em particular, só degustavam com certa dificuldade, e eu achava engraçadas as caretas deles. Naquele dia, também vi que a sra. Pichard e o sr. Walter, xícara na mão e joelhos juntinhos para apoiar melhor o guardanapo, não pareciam estar achando tão gastronômico. Mas...

Foi preciso se dobrar à cerimônia do chá. Era assim que se fazia. Era um costume. Um torrão de açúcar ou dois? Um pingo de leite? Não, limão, ou nada mesmo. Ah, por favor, minha querida... Com o dedo no ar, sem nenhum sorriso, fechem os olhos e tapem o nariz, um bom sorriso, está quente – mas nada refresca mais, em dias de muito calor, do que uma bebida quente –, não sopre, beba em goles pequenos... Era divino. Este chá está bárbaro mesmo. Mais um pouco? Sim, está ótimo. Uma gotinha de nada, então.

Consegui esvaziar o conteúdo da minha xícara sem ser puxado para a conversa. Mas o meu tio, no tanquinho, não escapou. A vizinha se precipitou na direção dele, xícara na mão, exclamando:

– Oh! Eu já ia esquecendo que este grande amigo ficou sem chá!

Ele aceitou a xícara. A colher escapou e caiu na água, seguida pelo torrão de açúcar. Ele se debateu um pouco e então bebeu, sem leite, sem açúcar e sem limão – ele toma chá à moda inglesa!, dizia a vizinha –, depois saiu do tanquinho e foi na direção da casa.

– Adrienne! – gritou o Pichard.

– O quê?

– Vem cá.

– Por quê?

– Afrouxa a minha gravata um pouquinho. Não posso encostar com as mãos assim.

– Vem cá.

O Pichard saiu de seu buraco sem fim. A camisa branca, o belo colete de homem de confiança, os óculos, a calça escura de domingo, tudo estava imundo, coberto de lama, escorrendo água suja.

– Coitado do Pichard! – disse a minha mãe. – Mas que estado lastimável! Pelo menos não é tão penoso assim, não?

– Oh! Não, não, senhora.

– O senhor termina logo?

– Sim, sim, sem dúvida.

– Mais um pouco de chá? – perguntou a vizinha.

– Não, muito obrigado...

– Entendo. Está morrendo de sede. Já vou cuidar do senhor.

Um pouco de vinho. Um brinde aos trabalhadoures!

O Pichard sorriu. Um bom sorriso... Era tarde demais para recuar. Ele tinha cavado o buraco dele: agora tinha que ficar lá.

Com a gravata frouxa, ele voltou ao trabalho. Agachado na beira do buraco, eu ia passando as ferramentas para ele. Ele desaparecia inteiramente lá dentro e eu o ouvia chafurdar, gemer, arfar.

Na janela do andar de cima, apareceram as meias e os sapatos do meu tio. Iam secar ao sol já baixo.

O Pichard encontrou o vazamento, consertou o cano, fechou o buraco com grandes pazadas, nivelou o terreno, refez o caminho pedrinha por pedrinha.

Foi nesse momento, acho, que soou uma buzina na frente da casa, na rua.

– É para mim – disse a vizinha.

– Como assim? – disse minha mãe. – Mas você não vai nos deixar tão cedo!

– Eu prometi!

– Eu faço questão, peça para a pessoa entrar. E pelo menos termine o chá!

– Certo.

Lambuzado, os cabelos desgrenhados e sem fôlego, os dedos inchados, o Pichard anunciou que afinal tudo estava pronto. Podiam ligar de novo.

Minha mãe apertou o botão. A água vacilou, apareceu, sumiu, borbulhou, jorrou, primeiro em pequenas quantidades prudentes e turvas de lama. Depois ficou mais clarinha, pouco a pouco. Meu pai deu o sinal para os aplausos. Ainda sou capaz de ver o Pichard inclinado, num sorriso modesto diante do pessoal. Não era nada, nada mesmo. Para quem é competente tudo parece mais simples, não é?

Nossa vizinha voltava acompanhada por um estranho rapaz magrinho e vestido de um jeito muito engraçado. Tinha um boné de caçador e polainas de cavalo, ou melhor, cavaleiro. Era um cavaleiro, aliás. Bárbaro, disse a nossa vizinha. Mas a única montaria que ele tinha era um cachorrão preto e enlouquecido.

Então começou a última transformação daquele estranho *garden-party*. Clássico no começo, depois chuvoso, ele tinha virado um piquenique ambulante, depois um pequeno canteiro de obras. Terminou como uma brincadeira de domingo num bosque de subúrbio.

Enquanto o jovem cavaleiro olhava cheio de arrogância aquela reunião barulhenta e desalinhada, as meias esticadas, a lama, os aplausos para o chafariz, o cachorrão notou o Daki, nosso bassê, se soltou e partiu pra cima dele. Foi uma corrida enlouquecida pelo jardim, por cima das cercas-vivas e mesas, por cima da bicicleta motorizada do meu tio, no gramado, no tanquinho, por todo lado. Os cachorros se enfiavam entre as nossas pernas, competindo quem latia mais. O Pichard era o cão líder da caçada. O sr. Walter torceu o pé. Ah! Mas esse jardim!, ele parecia dizer, se retirando da corrida.

– Pyram! – gritava o rapaz. – Pyram! Aqui!

Mas o Pyram não queria ouvir nada. Só queria saber daquela perseguição maluca.

– Pyram!

– Esperem – dizia o Pichard –, vamos pegá-lo.

O rapaz parecia desesperado por de repente ter se misturado àquela gentalha só por causa de um cachorro. Por que acaso sua amiga tão elegante estava no meio daquele fuzuê?

O bote se armou. Meu tio ressurgiu de chinelas, e, enquanto a minha mãe e a Georgette vigiavam as xícaras, enquanto meu pai se lamentava por seu formidável gramado, a vizinha chamou o Pyram. O Pyram foi até ela. Ele se atirou no pescoço dela, beijou-a furiosamente, enfiou o focinho nos cabelos loiros, balançando o rabo.

– Tá bom, Pyram, tá bom.

Meu tio pegou a guia do cachorro das mãos do espantadíssimo rapaz. Se curvou sobre o Pyram, querendo prender a guia na coleira. Mas foi no brinco da vizinha que ele prendeu. Com aquela captura imprevista, ele se ergueu e estendeu a guia para o rapaz, que foi se distanciando na direção da porta, todo duro, puxando a vizinha atrás dele, que, ruborizadíssima, em vão tentava se soltar.

Todas as esperanças da minha mãe foram por água abaixo de uma só vez. A moça de voz cavernosa jamais seria sua

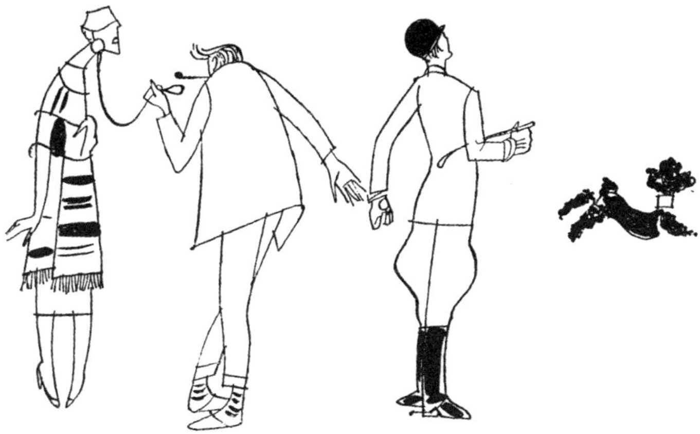

cunhada. Assim fazem os noivos do acaso, reunidos por um instante, e logo depois separados.

Era o fim. Os convidados estavam se despedindo.

– Muito obrigado – disse a sra. Pichard, em sua candura ingênua. – Me diverti muito. Não esperava uma coisa dessas... mas agora eu preciso limpar o meu marido.

– Até a próxima! – disse o sr. Walter, manquitolando. – Até a próxima e obrigado.

– Oh! Sr. Walter! Não agradeça – exclamou minha mãe. – Se o senhor soubesse como eu lamento isso tudo...

– Bobagem – disse o meu pai.

– Não, não é, não.

– Como se sente?

– Muito bem, muito bem – disse o sr. Walter, mancando cada vez mais. – A propósito – acrescentou ele, parando –, chegaram as flores que mandamos?

– Como não?

– Pois bem! É o que importa – disse o sr. Walter, se afastando.

Os convidados saíram assim, atarefados, cansados, manquitolando. O Pichard não conseguiu apertar a mão de ninguém.

O meu tio, que tinha colocado os sapatos de volta, foi embora em sua bicicleta motorizada. Meu tio... Continuavam a se esforçar para arrancá-lo de mim. Meu pai tinha marcado uma reunião no dia seguinte, na fábrica. Eu olhava meu tio ir embora com uma leve tristeza. Experimentava aquela melancolia que vem depois das melhores festas.

Voltei devagarinho pelo jardim, com o meu pai e a minha mãe. À primeira vista, os estragos eram sérios. E tudo aquilo por tão pouco...

– Acho que não funcionou – disse a minha mãe. – Meu irmão, já viu...

– Era impossível – disse o meu pai. – Ela era boa demais para ele. Precisava era de uma senhora Pichard para ele, e pronto.

– Charles, não vai começar a se irritar de novo. Nossa consciência está limpa. Fizemos o que pudemos. Azar o dele. Vê se descansa. Esta noite a gente acaba com a carne fria.

– Estou sem fome – disse o meu pai, sacudindo a cabeça. – Acho que amanhã vou receber o seu irmão na fábrica. Que tipo de problema será que ele vai me arranjar? Fico me perguntando.

Eu também me perguntava a mesma coisa. Esperava que aqueles problemas fossem decisivos, que não mantivessem meu tio lá por muito tempo, aquele grande incapaz, e que ele viesse me buscar de novo, me pegando pela mão na saída da escola.

Meu pai andava cabisbaixo, evitando olhar ao redor. Minha mãe tratou de lembrá-lo das preocupações imediatas.

– Pois bem! Viu, Charles? – disse ela. – Pra completar, amanhã a gente faz uma faxina total.

9

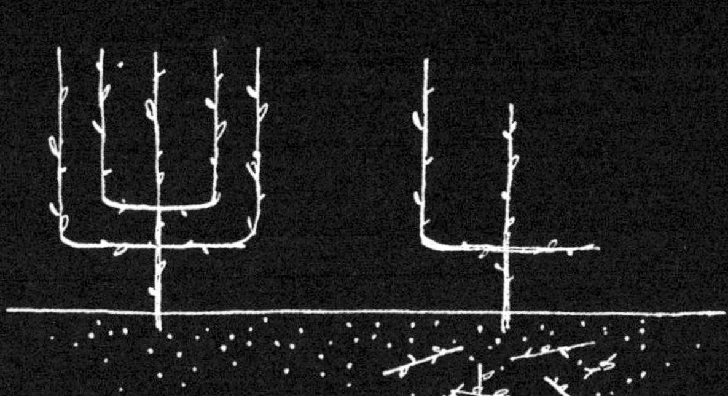

Aqueles poucos dias, que eu conto aqui e que lembro até nos mínimos detalhes, foram o grande momento da minha infância, o primeiro facho de luz na minha vida. Sempre conservamos alguns traços mais brilhantes dos anos passados. Acho que aqueles dias me marcaram.

Pela primeira vez eu tinha outro assunto além de mim mesmo, e descobria, misturadas às minhas, as preocupações e esperanças dos outros, seus pequenos embaraços e pequenas mágoas. Eu me dava conta de que não estava sozinho no mundo, como tinha acreditado até aquele dia. Olhava o que acontecia ao meu redor com novos olhos, divertidos ou medrosos, pois não sentia que aquilo tinha totalmente a ver comigo. Aqueles acontecimentos me tocavam de perto e minha inquietude só aumentava, pois os meus pais não pediam a minha opinião. Assim, eu não podia fazer nada para mudar o destino do meu tio.

De que adiantaria chorar, protestar, suplicar? Eu não tinha nenhuma arma, era inofensivo.

Dias decisivos. Teve a quinta-feira, depois o domingo. Teve a segunda, e depois... Quase esqueci a sequência.

Naquela segunda-feira, meu pai e minha mãe comemoravam o aniversário de casamento deles. Dez anos de obras e ganhos, uma bela casa, concebida cômodo por cômodo, um jardim funcional, uma fábrica, um filho crescidinho; dez anos passados face a face, e no entanto um tão longe do outro; dez anos rápidos.

Meus pais estavam comemorando o aniversário de casamento deles.

Às escondidas. Não se disseram nada, fingindo, depois de vários dias, ter esquecido o evento. Mas eu sabia que os preparativos tinham sido feitos dos dois lados e que, à noite, haveria presentes, agradecimentos, felicidade. Mas não era uma festa para mim.

De manhã, ao sair para a escola, vi uma caminhonete suspeita parada perto de casa e dois operários que davam a impressão de estar se escondendo. Um presente para o meu pai?

Minha manhã estava ansiosa, eu não conseguia me concentrar nas lições e nos livros. Quando tocou o sinal, meio-dia, corri pra fora. Será que o meu tio estava me esperando? Já tinha sido despedido?

Puxa! Não vi ele por lá. Ao procurar, então, em desespero de causa, reconhecer o carro de meu pai, também não encontrei. Depois ouvi um chamado:

– Gérard!

E vi o primeiro presente. De manhã, meu pai tinha trocado de carro. Chegava numa máquina luxuosa que me cegou os olhos, um carrão verde, rosa e roxo que cintilava, lançava faíscas para todos os lados. A porta se abriu automaticamente quando eu me aproximei. Subi com um pouco de vergonha, sentindo nos ombros o peso dos olhares dos meus colegas, que mais me zombavam do que me invejavam.

– Gostou? – perguntou meu pai.

– Gostei, ele... Você comprou?

– Comprei. É uma surpresa para a sua mãe. Faz tempo que ela queria um assim, eu sei. É último tipo. Reparou que não tem que mudar as marchas? Nada de embreagem, obviamente. Anda sozinho.

Eu ia passando os olhos ao redor, nos enfeites brilhantes, tocava com a ponta dos dedos, com todo o cuidado, os bancos lustrosos que levantavam e abaixavam lentamente, sem barulho nenhum.

– Estamos bem, não é? – disse o meu pai.

– É.

– E, ainda por cima, não faz barulho.

Eu nunca havia sentido essa espécie de veneração muda que alguns meninos da minha idade tinham pela mecânica. Já disse que não gostava de robôs de brinquedo, brinquedos solitários, eu não me interessava pelo aperfeiçoamento da embreagem eletrônica, não sabia de cor todas as marcas de carro.

Esse desgosto ficou: não gosto das coisas que andam sozinhas, que fogem, que escapolem. Não gosto do acabamento, da perfeição, das superfícies lisas e do silêncio do progresso.

Outras coisas me atraíam, e ainda me atraem, mas não as encontro mais.

Perguntei ao meu pai por notícias do meu tio.

– Ah!

O rosto do meu pai ficou sombrio. As mãos ficaram nervosas no volante. Tive um fiapo de esperança.

– Ele te ajudou?

– Não me fala do seu tio! Ele não faz mais parte da Usina Plastac!

– Verdade?

– Verdade!

Com uma mão, meu pai soltou o volante e pegou, num bolso interno, um pedaço de cano tão curiosamente inchado que mal consegui reconhecer. Parecia uma espécie de salsicha ou salame imaginário, nascido por acaso, a partir da alquimia moderna.

– Olha só o que o seu tio fabricou! Olha! Bonito, hein? É novinho! Para o estabelecimento Plastac, é uma coisa muito séria! E os funcionários só estavam esperando uma coisa dessas para se distrair!

– Me conta como foi...

– Quando eu cheguei, tudo ia bem, como sempre. Regularmente, produtivamente, tudo ia funcionando.

Eu sorria sem dizer nada enquanto ouvia meu pai falar da fábrica. O senhor diretor não podia saber... Ele sempre encontrava todo mundo a postos, é claro, mas não sabia que devia ao seu cachorro essa consciência profissional. O cachorro ia antes dele e dava o alarme. Quando o bassezinho passava, todos se sobressaltavam, tomavam cuidado: o patrão chegou. Os martelos voltavam a martelar, as máquinas a crepitar... Meu pai avançava em meio a um rendimento total.

– Bem que eu desconfiava de alguma coisa hoje de manhã – retomou meu pai. – Hoje cedo, eu estava prevendo o pior. No corredor, encontrei o seu tio deitado no chão, brincando com o Daki. Bom! O Daki tinha reconhecido ele. Eu não disse nada.

– E então?

– Ah!

Chegamos em casa. Meu pai passou o carro na frente da grade e descemos. Foi até o portão da garagem, que nem todos os dias. Mas – milagre –, quando estava a três metros da garagem, a porta se abriu automaticamente.

Meu pai ficou imóvel, estupefato.

– Feliz aniversário de casamento! – disse a voz da minha mãe.

– Como assim? Como assim?

– Parabéns!

Meu pai não conseguia encontrar as palavras. Um portão novo, um portão automático! Como ele poderia imaginar?...

– Eu não esperava...

– Está vendo, é bem simples – disse a minha mãe. – Olha esses dois sensores, dos dois lados do caminho. Aqui é o olho

magnético, entendeu? O raio luminoso vai de lá até aqui. É só cortar esse raio que a porta abre ou fecha!

– Que beleza!

– Você gosta?

– Claro que gosto! Quase encomendei a mesma coisa! Como você pode ter adivinhado?

– Eu te conheço! – disse a minha mãe. – Espera um pouco. Olha.

Ela passou devagarinho entre os dois sensores. A porta da garagem voltou a se fechar.

Era a vez de o meu pai se mostrar generoso. Pegou um molho de chaves no bolso e sacudiu. Minha mãe olhou, sem coragem de entender. Chaves?

– Ah! Não, não é possível! – exclamou ela.

Bem de leve, eu fui me afastando dos meus pais, chegando mais perto da escadinha. A porta nova, o carro novo, nada daquilo era para mim. Minha mãe não me disse nem oi. Aquela festa não tinha a ver comigo.

– Formidável! Ele é formidável! – berrava a minha mãe.

Ela sentou perto do meu pai e já foi chegando com aquela atitude altiva que não abandonaria mais. O carro foi embora,

atravessou devagarinho o jardim, passou pelos sensores mágicos – a porta se abriu – e então se enfiou na garagem.

Eu já ia entrando na casa quando reparei no nosso bassê, que nem doido, na direção da garagem. Ia correndo até os donos. Saltava de lajota em lajota, trotando pelos caminhos. Passou entre os dois sensores, e o rabo levantado cortou o raio.

Implacável, a porta da garagem voltou a se fechar.

O cachorro fugiu.

A porta da garagem se fechou feito uma armadilha, bem na cara dos meus pais. Não dava para abrir de dentro da casa, como eu soube logo em seguida. A cara do meu pai e da minha mãe apareceram nas janelinhas e eu corri para me esconder num canto do jardim. Era muito divertido. Não dava pra perder.

Eu estava pertinho da garagem e ouvi tudo o que os meus pais diziam.

– Alguém deve ter cortado o contato, Georgette!

A nossa empregada apareceu na escadinha.

– Pois não, senhora.

– Abre a porta, Georgette, ali na entrada, à esquerda.

– Pois não, senhora.

Se os meus pais conseguiam não se enganar mais no manejo dos comandos automáticos, com a Georgette já era diferente. Ela não conseguia se lembrar da função de tantos botões. Era uma das razões pelas quais minha mãe só recorria a ela o mínimo possível.

Então a Georgette voltou para a casa. O chafariz jorrou lá no jardim.

– Não! – gritou minha mãe. – Mas ela está ligando o chafariz! O outro botão, mais alto!

A Georgette apertou qualquer um. Meus pais continuavam trancados.

– Ah, olha lá, o cachorro... Talvez tenha sido ele que acionou. Daki!

– Daki! Vem cá.

O Daki reapareceu e avançou lentamente na direção da garagem. Que crime ele tinha cometido? Por que aquela bronca com ele? A barriga relando no chão e o rabo abaixado – tão baixo que não chegava à altura do raio luminoso, o Daki se aproximou da garagem e se deitou no solo, o focinho levantado na direção das janelinhas.

– Vamos lá, Daki...

– Charles... é claro, se você dá uma bronca nele, vai ficar com o rabo entre as pernas!

– Mas ele precisa sair daí, não precisa? – exclamou meu pai. – Georgette!

– Georgette!

– Pois não, senhora.

– Vem cá, vem cá! Olha só onde nós estamos! Na garagem!

– Na garagem? Oh! Senhora...

– Aproxime-se, venha pelo caminho central. Não tenha medo.

– Ah! Não, senhora.

– Aqui... – disse a minha mãe pela janelinha. – Está vendo aquela luzinha, na frente do canteiro, à sua direita? Não, mais perto... Isso, isso mesmo... Pois é! É só passar na frente disso aí, e pronto. Entendeu? Vai lá, corta o olho magnético.

– Cortar o quê?

Vi a Georgette andar um passo para trás.

– O olho magnético! – repetiu a minha mãe. – Mas então, Georgette, entendeu? É só passar na frente da luzinha que você está vendo ali...

– Oh! Não, senhora! – exclamou a Georgette, torcendo o braço. – Oh! Não, senhora!

– Escuta, Georgette... É elétrico.

– Oh!... Mas eu tenho tanto medo da eletricidade.

– Vamos, Georgette...

– Vamos lá, Georgette...

– Oh! Não, senhor! Oh! Não, senhora!

– Deixa comigo – disse o meu pai. – Escuta, Georgette. Você não vai correr nenhum risco. Eu e minha esposa acabamos de passar pelo olho magnético agora mesmo. Veja só, não aconteceu nada conosco... Pois é, estamos intactos. Não tenha medo, tenha confiança. Um pouco de coragem, vamos! Um, dois, três... Vamos!

A Georgette voltou a fechar os olhos, pôs a mão na testa e se atirou como quem se atira na água. Dei no pé antes de saber o final da história. Subi rapidinho para o meu quarto e, da janela, vi meu pai e minha mãe voltando pelo jardim, seguidos da empregada e do cachorro. Ninguém dava risada. Meus pais nunca apreciaram os objetos que se divertiam à custa deles. Estavam sérios, sérios demais, não sabiam ver o lado engraçado das coisas.

•••

– É, já estou por aqui – disse meu pai, sentando à mesa.

– Charles, o meu portão não te agrada?

– Não é o portão. Está tudo ótimo com ele. Eu disse que estou por aqui, mas é com o seu irmão. Numa só manhã, pude avaliar a capacidade industrial dele: zero!

– Você está nervoso, Charles, nervoso e...

– Não estou nervoso, eu sei muito bem o que estou falando: o seu irmão é um incapaz! Tive um começo de semana impossível, absolutamente impossível! Ganhamos um atraso de pelo menos duas horas, e vai ser preciso recuperar, você me entende? Sem falar no desperdício de material! E o conserto das máquinas! Tudo por culpa dele! E eu bem que tinha recomendado que o vigiassem, e então é isso... O Pichard não pode estar em todos os lugares ao mesmo tempo, e então...

Meu pai agitava no ar os estranhos tubos que já tinha me mostrado.

– O que que é isso? – perguntou minha mãe.

– São os novos modelos da Plastac! Linguiças! É absolutamente inacreditável! Ah! Eu não estava, é claro. Essas coisas só acontecem quando o patrão vira as costas. Assim que me puseram a par do ocorrido, fiz uma pequena investigação. Não durou muito. Mandaram o nosso Hulot, numa certa hora, vigiar a cinco! A cinco, a nossa melhor máquina! Onze metros por minuto, seiscentos metros por hora, mais de cinco quilômetros por dia! Então o senhor Hulot adormeceu. Isso mesmo: segundo os dados que recolhi, cheguei a esta conclusão – o seu irmão dormiu. Que legal. Ah! Você dá risada, não é? – exclamou meu pai, olhando para mim.

– Não, pai, não.

– No primeiro dia de trabalho, o seu tio estava dormindo num corredor! Todo mundo podia ver, foi bonito. Que reputação! Que glória para a família! Vão dizer que ele teve pistolão, que é um preguiçoso, bom pra não fazer nada, e vão ter razão. Pois, enquanto ele dormia, a cinco soltou a bobina, é óbvio... Acho que os canos meio que saíram pelo corredor, acordaram o senhor Hulot, que tirava um cochilo tranquilamente, bem na cara de todo mundo. Ele sentiu os canos, perdeu a cabeça, ficou maluco, tentou enfiar tudo à força, em vez de pedir ajuda no mesmo instante... Não sei direito o que ele aprontou, quis parar a máquina, tocou e apertou em tudo e o mecanismo se desregulou! Essas máquinas são boas, mas são

frágeis! É preciso saber manejar, elas não são para qualquer um, acreditem! O senhor Hulot, o meu querido cunhado, quis dar uma de espertinho, e vejam só o resultado... Eu estava no pátio, percebi uma certa agitação, sentia que estavam escondendo alguma coisa de mim, mas o quê? Mistério. Então o Pichard chegou, cheio de dedos, como sempre. Me explicou o que estava acontecendo, me mostrou esse pedaço de cano. Na hora, achei que ele estava brincando. Mas ele não era de brincar assim!

– Charles, não vamos estragar esta linda noite. É o nosso aniversário de casamento, não esqueça. Eu preferia...

Meu pai sossegou um pouco.

– Mas querida – disse ele –, não é o caso de... Esta noite, como previsto, vamos sair juntos, vamos para algum lugar. Onde você quiser.

– E o Gérard? – perguntou minha mãe. – O que a gente vai fazer com ele?

Vi o meu pai hesitar. Ele tinha uma boa solução, mas será que teria a coragem?

– Pois é! Gérard... Já que o tio está sem o que fazer, bem que poderia cuidar um pouco dele! Ele pode esperá-lo na porta da escola, e trazer de volta à noitinha.

– Charles – disse a minha mãe –, vamos ficar a sós, que nem antigamente! Não é maravilhoso?

Uma vitória puxava a outra. A Usina Lambert, a vizinha para casar, a Usina Plastac: o meu tio tinha um saldo de três vitórias. Mas a última delas me dava medos muito concretos. Na verdade, o meu pai tinha ido longe demais. Ele não suportaria mais. E eu temia uma decisão sem volta, um banimento rápido, contra o qual eu não podia fazer nada.

Mas, esperando, eu ainda tinha vontade de aproveitar, por mais tempo possível, a presença ao meu lado daquele atrapalhado encantador que era o meu tio. Uma tarde inteira perto dele...

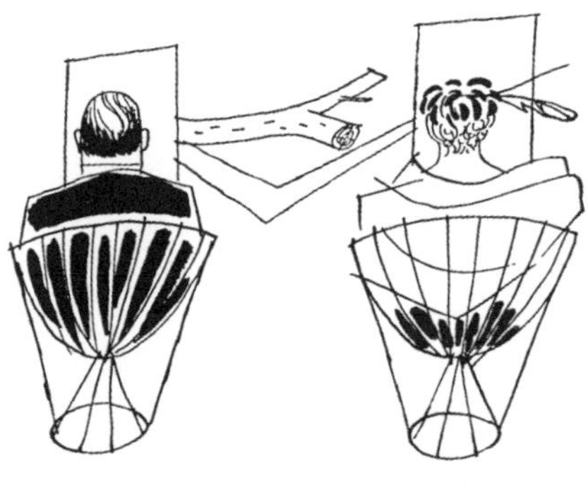

10

À tarde, às quatro horas, na frente da porta da escola, o meu tio estava me esperando na carroça do sucateiro, parada entre os carros dos pais dos alunos, no meio da fila.

De uma só vez, olhando para aquela carroça que um pangaré arrastava, eu reencontrava todas as alegrias que pensava ter perdido. O fio não estava rompido. Alguma coisa ainda me atraía e me fascinava.

Não sei se dá para entender como fiquei maravilhado.

Uma carroça de sucateiro... Hoje isso parece até piada. Quase nem existe mais.

Meu tio estendeu a mão para mim. Subi na carroça, bem no nariz dos meus colegas, que não entendiam por que eu tinha trocado de carro novamente. Acenei para eles.

E fomos embora num pequeno trote, cabelos ao vento, na direção do velho bairro que nos esperava. Na carroceria da carroça havia um monte de tubos malfabricados, um monte de bolotas e linguiças vermelhas.

Escondendo o riso, eu disse ao meu tio:

– O que que é isso?

– Isso? Oh! Nada, nada...

– Tubos?

– É, tubos...

– Da fábrica?

– É, da fábrica. Deram errado, entende? Então precisamos jogá-los em algum lugar.

Morri de rir.

– Eu não sei direito, mas acho que é isso – respondeu o meu tio, abaixando um pouco a cabeça. – Em todo caso, precisamos jogar esses tubos em algum lugar.

– Vamos achar um lugar bom – disse o sucateiro. – Não se preocupa com isso: com certeza vamos achar um lugar tranquilo.

Aqueles tubos foram o nosso grande assunto naquela tarde. Queimar? Nem pensar, por causa do fedor. Além do mais, eu lembrava que os tubos Plastac não eram inflamáveis.

Abandonar no terreno baldio, perto do bairro antigo? Até que tentamos. Mas tinha umas crianças no terreno baldio, gente passeando e namorando de mãos dadas. Meu tio e o sucateiro arrastaram de um lado para o outro, por alguns momentos, fileiras enormes de linguiça Plastac. Depois eles desistiram de se livrar delas.

– Melhor esperar a noite chegar – disse o sucateiro. – Ninguém vê, ninguém sabe, entendeu?

A carroça foi estacionada na pracinha. O sucateiro amarrou o cavalo numa árvore.

Naquela noite, jantei num restaurantinho do qual eu conservei alguns cheiros desconhecidos. Ficava numa ruela atrás da igreja. Mal dava para ver a fachada e a porta, mas o meu tio e o sucateiro conheciam o lugar. Foram recebidos como gente de casa.

Lá dentro, tinha pouca gente. Sob uma luz fraca – mas talvez sejam os anos passados desde aquela época que deixam essa luz fraca – um homem velho ia e vinha, levava e retirava os pratos. Ele falava por alguns minutos com cada cliente. Sabia do que cada um gostava.

Eu estava com fome. As correrias no terreno baldio tinham feito um buraco na minha barriga. Comemos comidas de cuja existência eu nem suspeitava, pratos que não eram esterilizados e que tinham um sabor totalmente novo. Eu comia com gosto. Ninguém ficava prestando atenção em mim, e isso era o que mais me agradava. De primeira, eu tinha sido aceito.

Uma pequena refeição, o restaurante meio fechado... Meu tio e o sucateiro falavam disso e daquilo, e eu olhava ao meu redor a tinta desbotada, os velhos cartazes na parede.

Estranhas figuras, caminhantes da tarde, vinham nos fazer companhia.

No final da refeição, meu tio acendeu o cachimbo e se jogou na cadeira. A gente não estava com a menor vontade de se mexer. Uma vitrola tocava baixinho melodias que eu reconhecia. Já tinha ouvido umas duas ou três vezes.

– Não é hora de afrouxar – disse o sucateiro. – Melhor pensar no que fazer com esses tubos. Conheço um lugar onde podemos ficar totalmente à vontade. Vamos?

Saímos devagar. A noite tinha caído. O cavalo e a carroça nos esperavam perto da igreja.

Vagabundagem furtiva, infinitas precauções... O sucateiro nos levou até uma ponte sobre um rio. A carroça parou com o menor ruído possível. Meu tio pegou uma braçada de tubos e foi até o parapeito. Fui seguindo ele.

– É só atirar os tubos ali – dizia o sucateiro, em voz baixa. – No fundo, é a melhor solução.

Meu tio deixou os tubos caírem do alto da ponte. Eu me debrucei e, na hora, não entendi muito bem o que estava acontecendo. Na margem, abaixo de nós, vi de repente um rapaz se afastar de uma moça e avançar para perto da água.

– Alguém se matou! – ele gritou.

E mergulhou.

Era um rapaz corajoso, que não tinha medo de água fria.

– Ei, digam lá – murmurou o sucateiro –, melhor a gente não demorar pra ir embora, né?

Mas o rapaz saiu rapidinho da água, tremendo todo. Subiu correndo até o alto da ponte e com os olhos procurou os miseráveis que tinham enganado ele de maneira tão cruel.

A moça ia atrás dele, gritando:

– Roger! Escuta!

Mas era um rapaz dos mais batalhadores. Em algumas passadas largas ele já estava perto da nossa carroça, que se punha novamente em marcha. Pegou o meu tio pelo forro do sobretudo...

– Ei, vocês! Esperem aí!

• • •

Não vou contar o resto, porque as minhas lembranças do que aconteceu naquela noite ficaram borradas para mim. Totalmente por acaso, eu tinha vivido a minha escapada mais incrível. No entanto, aquela carroça cansada que fugia

pelas ruas afora de um rapaz ensopado e uma moça suplicante não era nem um pouco luxuosa. Mas os encontros fortuitos, que foram se multiplicando, as brigas que acalmavam e depois voltavam, os grupos que se formavam de repente, depois se deslocavam na noite, os clãs inimigos, as opiniões contrárias, as brigas, as palavras inesperadas, os gestos imprecisos...

Minha felicidade fugidia, que eu queria ter segurado, e que fugia por entre os meus dedos, tinha a ver com isso tudo. Mas acho que eu não era capaz de entender, naquele momento, por qual milagre eu me sentia feliz...

E, acima de tudo isso, o friozinho da noite livre que vinha chegando aos poucos...

Eu estava descobrindo a noite, uma noite familiar e sem medo, repleta de cheiros suaves e vultos indecisos. A noite que eu não conhecia e que nunca esqueci.

As brigas, rixas, discussões intermináveis. Um punho que se lançava às cegas. Um queixo prudente que sumia. O punho batia num inocente que desabava no chão, era preciso levantar ele de volta. Desordem, confusão, tumulto, a voz rabugenta do sucateiro:

– Vamos, a gente resolve esse assunto lá dentro!

Naquele momento, nossa carroça estava parada diante da fachada escura de um barzinho noturno, e, enquanto o cocheiro, o meu tio, o mergulhador e a moça faziam as pazes tranquilamente, diante de um copinho amarelo, eu fiquei sozinho, eu e o cavalo. Tinha saltado da carroça, e fazia com a mão um carinho no peito úmido. Passei a mão no focinho arfante, de onde saíam flocos de vapor que se misturavam à neblina. Os perfumes da noite voavam ao meu redor, o sopro das árvores e o barulho do vento.

Quando o grupinho voltou, tudo ia muito bem, no melhor dos mundos. O rapaz agressivo estava coberto pelo sobretudo do meu tio. Ele parecia não ter entendido ainda, com todos os detalhes, aquela história confusa de fábrica e tubos, mas o que importava?... Ele acreditava em tudo.

– Vamos, vou ser o seu táxi – disse o sucateiro. – Eu te levo em casa.

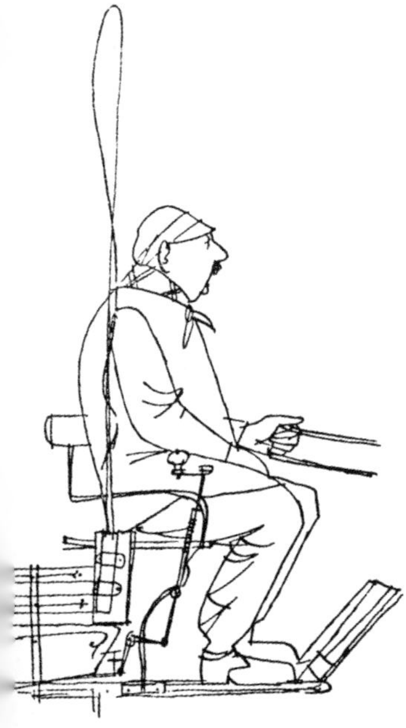

• • •

Todo mundo subiu na carroça e o cavalo saiu trotando. Fomos pelas ruas quase apagadas, que o rolamento dos eixos revelava por um instante. O cocheiro erguia o chicote a cada cruzamento e os sinais vermelhos ficavam verdes quando ele fazia estalar o chicote.

Que horas seriam? Não tínhamos a menor ideia. Na carroça todo mundo dava risada, cantava, cumprimentava alegremente os pedestres desconhecidos e notívagos. Os sinos do cavalo se agitavam no mesmo ritmo. Meu tio e o jovem mergulhador tinham formado uma dupla de amigos, amigos que se encontram. Confiante, o sucateiro havia passado as rédeas para mim. Eu conduzia com orgulho aqueles arreios comuns que me pareciam fantásticos, com as cores apagadas pela noite, e ia embora trotando pelas ruas e caminhos, um monte de risadas e gritos.

Eu sentia, e ainda sinto, que naquele passeio havia um charme sutil e frágil. Eu o saboreava, mas sem poder defini-lo, entendendo que era preciso reter todos aqueles minutos e não deixar nada escapar, talvez só uma nostalgia.

Quanto tempo ainda?... Quantas vezes?...

Eu respirava o encanto misterioso da noite. Era um calor que subia ao meu rosto, um sopro que batia nas minhas bochechas, uma suavidade que tomava conta de tudo, um sangue mais vivo em todo o meu corpo, um refrão perdido, o bem-estar, um cheiro que se foi, e que mais?...

– Aqui estão vocês de volta – disse o sucateiro, parando na frente da nossa casa. – Você precisa me devolver as rédeas.

Foi o que fiz, a contragosto.

Pulei para o chão ao mesmo tempo que o meu tio. O sucateiro foi embora de novo. Acompanhamos com os olhos a frágil carroça na rua cinzenta. Ela desapareceu.

Você, aí no meio-fio da calçada, vê uma carroça ir embora na noite. Você é novo, se divertiu bastante. Está bem tarde, mas você nem percebe. Talvez você não tenha preocupações, pelo menos ainda não. Você nem desconfia que aquele passeio seria o último e que agora... Você não é mais uma criança, já é um rapazinho. Repetiram isso pra você várias vezes.

Será que você mudou de verdade desde aquela época?

• • •

– Vai deitar – disse o meu tio. – Seu pai e sua mãe ainda não chegaram. Vou esperar. Vou dar uma deitada no sofá.

– Boa noite!

Subi para o meu quarto, troquei de roupa rapidinho e deitei. Mas o sono não vinha. Eu tinha lembranças demais na cabeça, imagens demais para rever antes de dormir.

Ouvi o portão abrir e o barulho do carro avançando pelo jardim. Meu pai e minha mãe tinham passado a noite de aniversário de casamento numa boate. Boate, casa de shows, violinos e champanhe: essas palavras me intrigavam quando eu tinha oito anos. Me atraíam um pouco, como todas as coisas proibidas. Mais uma ilusão da minha infância...

Meus pais voltaram para casa, acenderam a luz.

– Oh! – exclamou minha mãe.

– O quê? O que que é isso? – disse o meu pai. – Ah! Mas vejam só isto! Mas... É o divã!

Suponho que o meu tio, antes de deitar, tenha deixado a sala na maior bagunça. Suponho também que ele dormia

pesado no divã. Espero que não tenha ouvido o que meu pai estava dizendo.

Ele terminava mal aquele dia de aniversário de casamento. Os faniquitos do meu pai nunca me assustaram muito, mas naquela noite, assim que a voz dele engrossou, fiquei com o coração apertado de uma hora para a outra.

– Não! – ele gritava. – Isso tem que acabar agora! Isso tem que acabar agora! É um mau exemplo pro Gérard! Por onde é que eles devem ter se metido, hein? Acabou, de uma vez por todas!

Eu me ajeitei na cama para ouvir aquelas palavras que me fizeram um pouco mal:

– Preciso de um representante no interior. Ele vai cuidar direitinho do assunto! Dei todas as chances para ele, mas agora basta! Ele precisa ir embora!

11

Ele foi embora.

Eu já esperava essa partida fazia um tempo, tinha medo, sabia que um dia ela ia chegar.

Quando meu pai disse para o meu tio que ele seria um excelente representante no interior, meu tio não respondeu nada. Meu pai explicou os motivos dele, explicou em que consistia o trabalho. Falava com ele como quem fala com uma criança. Meu pai se sentia superior ao meu tio, não havia discussão possível. Ele estava acima. Até eu tinha essa impressão.

Hoje, eu me pergunto...

Durante todo o discurso do meu pai, meu tio mastigava o cachimbo e se manteve distante, impenetrável, como se não estivesse ouvindo, como se não quisesse ouvir. Eu esperava que ele fosse olhar ao menos para mim, com um pouco de saudade, levantando os ombros. Mas ele não fez nada. Parecia que estava pensando em outra coisa. Um personagem singular, sobre quem eu ainda me pergunto se era inocente, zombador, indiferente ou desastrado. Um homem sem sorte? Quem sabe? Nada interrompia a serenidade dele, nada desarmava a candura dele.

– Pois bem! Então está combinado – disse o meu pai. – Vou reservar um lugar no avião. Quanto mais cedo, melhor, é claro.

Meu tio se levantou, acenou e foi embora.

Dois ou três dias depois, de manhã, meu pai me acordou cedinho e disse:

– Hoje nós vamos mais cedo. Vamos levar o seu tio no aeroporto. É o tempo justo para você chegar na escola.

No carro, meu pai ligou o rádio. Uma tempestade ensurdecedora de metais e tambores tomou conta da manhãzinha e se aproximava da pracinha onde o meu tio nos esperava.

A pracinha estava silenciosa, ainda bem tranquila. Acima das lojas fechadas, árvores imóveis, casas iguaizinhas, uma neblina bem leve se espalhava, como que para preservá-las, escondê-las. O dia tinha acabado de nascer. Era o sono que ainda paralisava o pequeno bairro do meu tio?

Na praça e nas ruazinhas que davam nela não havia ninguém. Ainda tento lembrar como eram as carroças dos vendedores, vazias, alinhadas ao longo da calçada. Toda a música estava desligada, talvez por um momento, toda a alegria, a agitação.

Devagar, penosamente, as coisas e pessoas se separavam do esquecimento da noite.

Eu olhava com avidez ao meu redor, tentando reconhecer alguém, sentindo confusamente que aquele cenário era frágil, que ele ia se distanciando rápido, ia se apagando minuto após minuto, ia desaparecendo. Eu pensava que nunca mais iria vê-lo. Cada paralelepípedo, cada cantinho de porta me lembrava alguma coisa, e a minha infância também ia embora, junto com as árvores e as pedras.

No carro verde, rosa e roxo do meu pai, objeto grosseiro, faiscando ferro e aço, eu tinha quase vergonha de mim mesmo. Entramos pela praça espalhafatosamente, como quem está invadindo, e todas as janelas ficaram fechadas para nos receber.

Um velhote solitário ajudou o meu pai a estacionar.

– Vai chamar o seu tio. Manda ele vir logo.

Atravessei a praça correndo, subi a escada de quatro em quatro degraus até o estúdio do meu tio. Bati: o meu tio estava pronto: chapéu, sobretudo e guarda-chuva. Ele não largava, nem para viajar, as roupas do dia a dia.

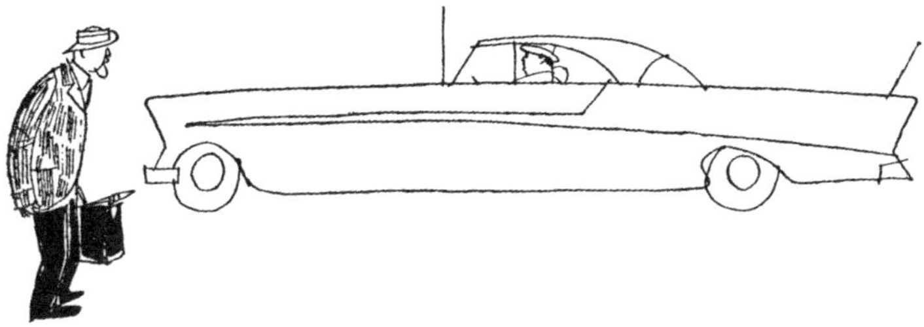

– Já volto. Um minuto.

Olhou ao redor, para ver se não estava esquecendo nada. Fechou a janela.

– Vamos.

Descemos, um atrás do outro, pelo prédio cheio de voltinhas e desvios. Eu admirava, sem entender, a atitude do meu tio. Estava quase sorridente. Nada o afetava, nada o atingia naquela partida. Ele estava acima das nossas pequenas desgraças. Ele encarava a vida como ela vinha, sem mudar nada.

Eu tentava ter ele como um modelo, mas era difícil, na idade em que estava.

Lá embaixo, a zeladora e a filha nos esperavam. Meu tio devolveu a chave. Estendeu o dedo para fazer um carinho no nariz da garotinha, como fazia desde sempre, mas o dedo vacilou, temeroso. Naquele dia, a garotinha lhe parecia crescida de uma hora para a outra. Era quase uma moça.

– Está indo embora, senhor Hulot? – ela perguntou.

– Estou.

– É uma pena...

O dedo tímido do meu tio – hoje eu aprecio esse pudor – se afastou e foi pousar no nariz da zeladora.

– Até mais, senhor Hulot! – disse a moça, erguendo a mão.

Subimos no carro. Meu tio foi do lado do meu pai, e nem virou a cabeça quando o carro foi ligado.

• • •

No caminho, ele nos ofereceu um de seus últimos gestos. Encheu o cachimbo, riscou um palito de fósforos, mas o vento que soprava para dentro do carro o apagou. Ele atirou o fósforo queimado pela janela aberta.

Um segundo, um terceiro palito: tudo aconteceu do mesmo jeito.

Meu pai, que assistia com o rabo do olho, dirigindo, aos infelizes esforços do cunhado, estendeu para ele o acendedor de cigarros automático. Meu tio pegou a peça de metal cromado, acendeu o cachimbo. Depois, com o mesmo gesto despreocupado, com uma desenvoltura sem igual, mas sem zombaria, tenho certeza, sem maldade, ele atirou o acendedor pela janela.

Ele não tinha mudado, continuava sempre o mesmo. Nada tinha importância a seus olhos, pelo menos não alguns pequenos objetos abandonados, com os quais ninguém se preocupava. Meu tio estava indo embora, estava me deixando, mas os lamentos e as lembranças quase não o incomodavam. Eu me sentia repleto de tristeza, e ao meu lado só encontrava indiferença. Isso me irritava um pouco. Eu teria preferido efusão e promessas.

Hoje entendo que o meu tio tinha razão. Ele não estava olhando para mim, mas nunca tinha olhado; e antes de desaparecer ele tratou de deixar um presentinho para mim.

No aeroporto, era aquela correria das grandes viagens. De todos os lados, grupos de pessoas se atiravam e se empurravam. Fomos devagarinho até o meio de uma fila contínua de carros, guiados pelos guardas de quepe branco que berravam ordens. Meu pai parou para permitir que o meu tio descesse.

– Vamos estacionar mais para a frente. A gente se encontra aqui.

Meu tio saiu do carro, apesar da gritaria de um guardinha. Tirou as bagagens com pressa. A mão dele deslizou pela minha. Ele se afastou na multidão.

Eu acompanhei com os olhos durante o maior tempo possível, enquanto meu pai manobrava com dificuldade. Mulheres

emperiquitadas, homens sobrecarregados rodeavam e esmagavam o meu tio, o importunavam, o desnorteavam. Ele permitia. Se deixava levar por aquele mundo meio maluco. O chapéu dele dançava acima das cabeças.

Assim o meu tio ia embora, sem uma hesitação, sem uma reclamação, sem nem mesmo olhar para trás. Ele deixava o bairro, os amigos de todos os dias, a família, sem nem sombra de arrependimento. As pessoas o recebiam e o expulsavam: ele permanecia o mesmo. Ele não devia nada a elas.

Antes de desaparecer de verdade ele puxou o cachimbo e tentou bater no salto do sapato. Mas a multidão o engoliu.

Eu não vi mais ele.

• • •

– Onde ele foi parar? – perguntou o meu pai, descendo do carro. – Eu queria pelo menos ter apertado a mão dele antes de ir embora...

Foi então que aconteceu uma espécie de milagre que eu atribuo ao meu tio. Era tão inesperado, tão imprevisível, que na hora achei que era uma pegadinha. Pensei: não, não é possível.

Meu pai ficou na ponta dos pés e achou que tinha reconhecido um chapéu familiar no meio da multidão. Assobiou, agitando os braços. Mas o chapéu não se virou.

Meu pai assobiou de novo, mais alto. Espantado, eu olhava para ele. Não conhecia esse talento dele. Comecei a me perguntar se o meu pai, na minha idade, sabia brincadeiras tão maldosas quanto as minhas.

Ora, um homem de grande e ameaçador tamanho, que andava com os ombros arqueados, um capacete enfiado até os olhos, atravessava a passos lentos o saguão do aeroporto, a uns trinta metros de onde a gente estava. Ouvindo o assobio do meu pai, o homem diminuiu o passo, apurou os ouvidos e virou a cabeça. Eu não podia acreditar.

Meu pai assobiou pela terceira vez.

O homem se pôs novamente a andar, olhando à direita, e deu de cara, com extrema violência, contra um poste de metal que havia por ali. O desconhecido se recompôs, esfregando a cara.

Eu não aguentava mais de alegria, pois acho que tinha entendido. Meu tio me mandou um último sinal, um adeus. Ele me deixava alguma coisa dele, um poder milagroso do acaso, uma certa originalidade, uma certa liberdade.

Pela primeira vez na minha vida, ou até da vida dele, vi o meu pai se esconder, vi meu pai errando, e esse fenômeno simples bastou para transformá-lo a meus olhos. Meu pai não era mais o homem inatacável que eu sempre conheci. Havia nele algumas falhas, alguns segredos.

De repente, tomado pelo medo, ele abaixou a cabeça, abaixou os ombros, se fez humilde e pequeno atrás de seu imenso carro. Peguei na mão dele. Eu olhava para ele. Virou a cabeça para mim e vi que ele estava sorrindo.

– Vamos, sobe, vamos embora.

Talvez o meu pai tivesse acabado de atrair para si mesmo, sem querer, um pouco daquela independência, daquela desordem que para o cunhado dele não tinham nenhum segredo. Eu queria isso, sem botar muita fé. Dizer se o meu pai mudou de verdade naquele dia seria outra história. Ele tinha mudado a meus olhos. Por enquanto, isso era o suficiente.

De volta, passamos de novo pelo bairro dele, que era caminho. Os moradores ainda não tinham aparecido. Solitários, alguns cachorros vadiavam. Eram, na maioria, cães piratas e sem dono. Num bairro estranho, repentinamente silencioso, numa pracinha cinzenta, quatro ou cinco cachorros andavam em círculos. Eles farejavam carroças inclinadas para o chão,

passavam e repassavam na frente das portas fechadas das lojas. Pareciam buscar não sei o quê, alguma coisa além de comida. Aqueles vultos indecisos na neblina espessa tinham encontrado lá seu último refúgio provisório.

E eu, nariz colado no vidro do carro, olhava aquelas casas e árvores diminuírem e se distanciarem. Elas tinham me abrigado durante um tempo. À sua sombra, eu conheci as alegrias mais fugazes, mas também as mais vivas da minha infância. Meu tio foi embora. Eu passava, por acaso, pela última vez, por um bairro que tinha a impressão digital dele, e que parecia com ele.

Mais tarde, eu me lembro, voltei àquele lugar, procurei o estúdio do meu tio, o barzinho e as castanheiras. Mas não encontrei. Estava chegando tarde demais. Perguntei por que a pracinha tinha desaparecido. As pessoas não souberam me dizer direito.

Sobre os autores

O francês **JEAN-CLAUDE CARRIÈRE** (1931-) é escritor, cineasta, dramaturgo, roteirista e ator. Nasceu na vila de Colombières-sur-Orb, no Sul da França. Publicou seu primeiro romance, *Lézard* (1957), quando ainda era estudante na École Normal le Supérieure, em Saint-Cloud, nas imediações de Paris. Em 1961, conheceu Jacques Tati e seu assistente, Pierre Étaix. Da amizade e admiração, surgiram os livros *Meu tio*, baseado no filme homônimo de Tati, e *As férias de monsieur Hulot*, ambos com desenhos de Étaix. A parceria com o ilustrador foi além das páginas dos livros e ganhou as telas do cinema, para onde desenvolveram diversos projetos. Entre eles, o curta-metragem *Hereux Anniversaire*, que recebeu o Oscar em 1963.

Neste mesmo ano conheceu outro grande cineasta, o espanhol Luis Buñuel, com quem trabalhou durante quase duas décadas. Realizaram filmes importantes como *A bela da tarde* (1967) e *O discreto charme da burguesia* (1972). A amizade foi tão sincera que Buñuel confiou a Carrière a transcrição, em linguagem literária, de sua biografia, *Meu último suspiro*. A edição em português foi editada pela Cosac Naify em 2009, na tradução de André Telles, e traz um texto exclusivo de Carrière.

O autor também trabalhou com Miloš Forman, Louis Malle, Jacques Deray, para citar alguns. Fez filmes para a televisão – entre eles *As aventuras de Robinson Crusoé* (1964) – libretos de ópera, canções e peças para o teatro, chegando a colaborar durante trinta anos com Peter Brook, em particular no filme *O mahabharata*. Recebeu o Oscar em 1989 de melhor roteiro adaptado por *A insustentável leveza do ser* (dir. Philip Kaufman).

Carrière visitou o Brasil na companhia de Hector Babenco, e se encantou com as tribos da Amazônia.

O ilustrador e humorista **PIERRE ÉTAIX** (1928-) nasceu em Roanne, bem no centro da França, e começou sua carreira de artista desenhando em vitrais. Quando se mudou para Paris, em 1954, além de ilustrador, trabalhou como humorista em cabarés, casas de espetáculo e no circo, como o palhaço Nino. Em 1954, conheceu Jacques Tatit e começou a desenhar cenários e criar piadas para o filme *Meu tio*, além de assinar como diretor-assistente.

Depois de ganhar o Oscar de melhor curta-metragem com Carrière, realizou cinco longas, mas foi como ator que Étaix conquistou o público francês. Chegou a ganhar um prêmio na Société des Auteurs e fundou a Escola Nacional de Circo, com sua esposa argelina Annie Fratellini, com quem fazia uma dupla de palhaços. Sua fama como comediante se espalhou pelo mundo, chegando ser comparado ao amigo e também humorista Jerry Lewis.

Apesar de ter se distanciado um pouco da carreira de ilustrador, seus desenhos para o filme e romance *Meu tio*, que figuram nesta edição, se tornaram a marca visual da obra de Tati. As mais de setecentas ilustrações que criou chegaram a ser expostas na Cinemateca Francesa, em 2009.

O personagem de Hulot até hoje influencia artistas. Como David Merveille, cujo livro-imagem, *Na garupa do meu tio* (2009), também publicado pela Cosac Naify, traz uma história em forma de cineminha sobre uma aventura exótica de Hulot em Paris.

Coordenação editorial ISABEL LOPES COELHO
Projeto gráfico PAULO ANDRÉ CHAGAS
Revisão TEREZA GOUVEIA e PEDRO PAULO DA SILVA

Nesta edição, respeitou-se o novo
Acordo Ortográfico da Língua Portuguesa

Dados Internacionais de Catalogação na Publicação (CIP)
(Câmara Brasileira do Livro, SP, Brasil)

Carrière, Jean-Claude [1931-]
Meu tio: Jean-Claude Carrière
Título original: *Mon Oncle*
Ilustrações: Pierre Étaix
Tradução: Paulo Werneck
Romance baseado no filme de Jacques Tati
São Paulo: Cosac Naify, 2009
176 pp., 94 ils.

ISBN 978-85-7503-855-0

1. Ficção francesa I. Tati, Jacques. II. Étaix, Pierre. III. Título.

09-09531 CDD-843

Índices para catálogo sistemático:
1. Ficção: Literatura francesa 843

COSAC NAIFY
Rua General Jardim, 770, 2º andar
01223-010 São Paulo SP
Tel. [55 11] 3218 1444
www.cosacnaify.com.br/infanto

Atendimento ao professor [55 11] 3218 1473

fontes PROFORMA e PARISINE papel PAPERFECT 104 g/m²
impressão GEOGRÁFICA tiragem 3000